「んーとねえ、村では毎月盗賊が襲ってきて
食料を奪っていくんだって。酷いよねえ。
だから私が潰そうと思って」
異世界はスマートフォンとともに。23

家族サービス!?

娘たちと遊園地で

「お母様。私《わたくし》、料理の腕も一流ですことよ？

この時代のお母様より上かもしれませんわね」

「ほう……」

キラン、とルーの目が細められた。

あれ、なんか剣呑な雰囲気……。

異世界はスマートフォンとともに。23

冬原パトラ　illustration■兎塚エイジ

キャラクター紹介

神様のミスで異世界へ行くことになった高校一年生（登場時）。基本的にはあまり騒がず、流れに身を任すタイプ。無意識に空気を読まず、さらりとひどい事をする。無尽蔵の魔力、全属性持ち、無属性魔法を使い放題と、神様効果でいろいろ規格外。ブリュンヒルド公国国王。

ベルファスト王国王女。12歳（登場時）。右が碧、左が翠のオッドアイ。人の本質を見抜く魔眼持ち。風、土、闇の三属性を持つ。弓矢が得意。冬夜に一目惚れし、強引に押しかけてきた。冬夜のお嫁さん。

冬夜が助けた双子姉妹の姉。両手にガントレットを装備し、拳で戦う武闘士。ストレートな性格でサバサバしている。身体強化の無属性魔法【ブースト】が使える。辛いもの好き。冬夜のお嫁さん。

双子姉妹の妹。火、水、光の三属性持ちの魔法使い。光属性はあまり得意ではない。どちらかというと人見知りで、おしゃべりが苦手。しかし時には大胆。甘いもの好き。冬夜のお嫁さん。

日本に似た遠い東の国、イーシェンから来た侍娘。ござる言葉を使い、人一倍よく食べる。真面目な性格なのだが、どこかズレているところも。実家は剣術道場で流派は九重真鳴流《ここのえしんめいりゅう》という。隠れ巨乳。冬夜のお嫁さん。

愛称はルー。レグルス帝国第三皇女。ユミナと同じ年齢。帝国反乱事件の時に冬夜に助けられて一目惚れする。双剣の使い手。ユミナと仲が良い。料理の才能がある。冬夜のお嫁さん。

愛称はスゥ。10歳（登場時）。刺客に襲われているところを冬夜たちに助けられる。ベルファスト国王の姪。ユミナの従姉妹《いとこ》。天真爛漫で好奇心が旺盛。冬夜のお嫁さん。

愛称はヒルダ。レスティア騎士王国の第一王女。剣技に長け、「姫騎士」と呼ばれる。フレイズに襲われていたところを冬夜に助けられ、一目惚れする。テンパるとかなりどもるくせがある。八重と仲が良い。冬夜のお嫁さん。

元・妖精族の長。現在はブリュンヒルドの宮廷魔術師（暫定）。見た目は幼いが長い年月を生きている。自称６１２歳。魔法の天才。人をからかうのが好き。闇属性魔法以外の六属性持ち。冬夜のお嫁さん。

冬夜がイーシェンで拾った少女。記憶を失っていたが取り戻した。本名はファルネーゼ・フォルネウス。魔王国ゼノアスの魔王の娘。頭に自由に出せる角が生えている。あまり感情を出さないが、歌が上手く、音楽が大好き。冬夜のお嫁さん。

リーンが【プログラム】で作り上げた、生きているかのように動くクマのぬいぐるみ。２００年もの間改良を重ね、動き続けている。その動きはかなりの演技派俳優並。ポーラ……恐ろしい子！

冬夜の召喚獣・その一。白帝と呼ばれる西方と大道の守護者にして獣の王。神獣。普段は虎の子供のサイズで目立たないようにしている。

冬夜の召喚獣・その二。二匹でワンセット。玄帝と呼ばれる神獣。鱗の王。水を操ることができる。珊瑚が亀、黒曜が蛇。

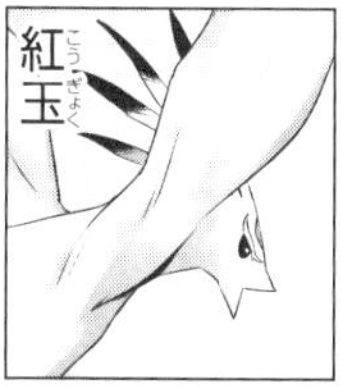

冬夜の召喚獣・その三。炎帝と呼ばれる神獣。鳥の王。落ち着いた性格だが、その外見は派手。炎を操る。

冬夜の召喚獣・その四。蒼帝と呼ばれる神獣。青き竜の王。皮肉屋で琥珀と仲が悪い。全ての竜を従える。

正体は恋愛神。冬夜の姉を名乗る。天界から逃げた従属神を捕獲するという大義名分の名のもとに、ブリュンヒルドに居座った。語尾に「〜なのよ」とつく。けっこうぐうたら。

正体は剣神。冬夜の二番目の姉を名乗る。ブリュンヒルド騎士団の剣術顧問に就任。凛々しい性格だが少々天然。剣を持たせたら敵うもの無し。

バビロンの遺産、『庭園』の管理人。愛称はシェスカ。メイド服を着用。機体ナンバー23。口を開けばエロジョーク。

バビロンの遺産、『工房』の管理人。愛称はロゼッタ。作業着を着用。機体ナンバー27。バビロン開発請負人。

バビロンの遺産、『錬金棟』の管理人。愛称はフローラ。ナース服を着用。機体ナンバー21。爆乳ナース。

バビロンの遺産、『格納庫』の管理人。愛称はモニカ。迷彩服を着用。機体ナンバー28。口の悪いちびっ子。

バビロンの遺産、『城壁』の管理人。愛称はリオラ。ブレザーを着用。機体ナンバー20。バビロンナンバーズで一番年上。バビロン博士の夜の相手も務めていた。男性は未経験。

バビロンの遺産、『塔』の管理人。愛称はノエル。ジャージを着用。機体ナンバー25。とにかく寝てる。食べては寝る。基本的にものぐさで面倒くさがり。

バビロンの遺産、『図書館』の管理人。愛称はファム。セーラー服を着用。機体ナンバー24。活字中毒者。読書の邪魔をされるのを嫌う。

バビロンの遺産、『蔵』の管理人。愛称はパルシェ。巫女装束を着用。機体ナンバー26。ドジっ娘。しかもその自覚がない。うっかり系のミスが多い。よく転ぶ。

バビロンの遺産、『研究所』の管理人。愛称はティカ。白衣を着用。機体ナンバー22。バビロン博士及び、ナンバーズのメンテナンスを担当。激しく幼女趣味。

古代の天才博士にして変態。空中要塞『バビロン』や様々なアーティファクトを生み出した。全属性持ち。機体ナンバー29の身体に脳移植をして、五千年の時を経て甦った。

異世界はスマートフォンとともに。
世界地図

パレリウス
王国
都パルス
パルーフ
王国
王都ゼノスカル
魔王国ゼノアス
王都スラーニエン
エルフラウ
王国
リーニエ
王国
王都ニムエ
王都ハノークス
ハノック王国
ノキア
王国
ユーロン地方
皇都ベルン
リース
国
レグルス
帝国
帝都ガラリア
神国
イーシェン
ベルファスト
王国
王都アレフィス
ブリュンヒルド
公国
ロードメア
連邦
王都ファルマ
ホルン
王国
リフレットの町
聖都
イスラ
首都パネラメア
フェルゼン
王国
ラミッシュ
教国
ミスミド
王国
王都
ベルジュ
王都アトライル
ライル
王国
王都レスティン
大樹海
騎士王国
レスティア
ドラゴネス島
サンドラ
王国
レトラバンバ
王都キュレイ
イグレット
王国
新世界

前巻までのあらすじ。

神様特製のスマートフォンを持ち、異世界へとやってきた少年・望月冬夜。二つの世界を巻き込み、繰り広げられた邪神との戦いは終りを告げた。彼はその功績を世界神に認められ、一つとなった両世界の管理者として生きることになった。一見平和が訪れた世界。だが、騒動の種は尽きることなく、世界の管理者となった彼をさらに巻き込んでいく……。

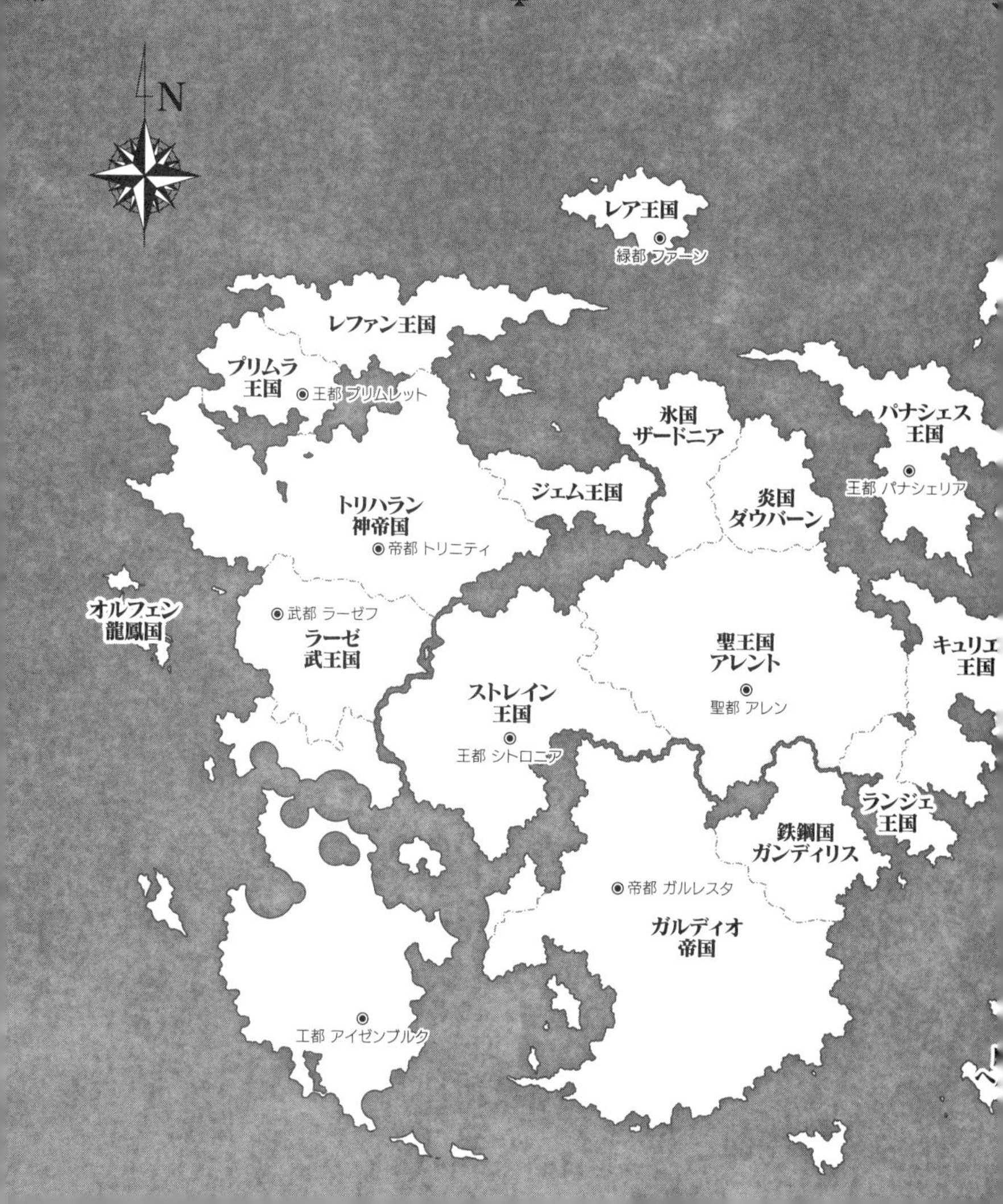

口絵・本文イラスト　兎塚エイジ
メカデザイン・イラスト　小笠原智史

第一章　父と娘

「それでは報告を始めます」

　バビロンの『庭園』にある一角、『王妃たちのお茶会《クイーンズティーパーティー》』が開かれる四阿《あずまや》で、ユミナが厳《げん》粛《しゆく》に宣言した。

　円卓《えんたく》には九人のブリュンヒルド王妃が席についている。

　それぞれの手元には好みの紅茶や飲み物が置かれてあり、ケーキもそれぞれの好みの物が用意されていた。

「今のところ、こちらの時代にやってきた私たちの子供は二人。八重《やえ》さんの娘である八雲《やくも》ちゃん、リーンさんの娘であるクーンちゃんです。このうち八雲ちゃんは武者修行《むしやしゆぎよう》の旅に出たまま行方《ゆくえ》不明ですが……」

「あれから連絡《れんらく》とかはないのかの？」

「まったくないでござる……。本当にもう……どれだけ親に心配をかければ気がすむのか」

　八重が怒《おこ》りつつも目の前のホールケーキをバクバクと平らげていく。その横には二個目三個目のケーキも用意されていた。初めからヤケ食いするつもりだったらしい。

「クーンちゃんから何か新しい情報はないんです、か？」

リンゼがこの中で唯一《ゆいいつ》子供と接しているリーンに尋《たず》ねた。ユミナ以外の七人もそれは気になっているようで、リーンに注目が集まる。

「これといってないわね。あの子、アリスと違《ちが》って基本的に自分以外の情報は漏《も》らさないし」

「だけどとても気になるような言葉はちょいちょい漏らしますよね……」

ぼそりとヒルダがそうつぶやくと、隣《となり》にいたエルゼが大きく頷《うなず》いた。

「わかる！　私、『エルゼお母様の子供はいい子ですよ。ただ、エルゼお母様とは……ふふっ。いえ、なんでもありません』って言われた！　私とはなんなの⁉　すっごい気になるんだけど！」

「あれ、わざとですよね……。私《わたくし》も『フレイお姉様はヒルダお母様と違って……いえ、大したことではありません。お気になさらず』と言われました。逆に気になって訓練に身が入らなかったです……」

それを聞き、リーンがなんとも言えない顔をして腕《うで》を組んだ。

「ごめんなさいね。どうもあの子、思わせぶりな態度で私たちをからかっているみたいで……。嘘《うそ》はついていないみたいだし、大目に見てもらえるとありがたいわ」

はぁ……と、大きくため息をつくリーン。間違《まちが》いなくクーンはわかってやっている。自分たちの反応を見て楽しんでいるのだ。

「まったく性格の悪い……。変なところがダーリンとよく似てるわ」

いや、それは父親だけの遺伝じゃないだろう……とみんな思ったが、口には出さなかった。夫婦《ふうふ》間《かん》だけではなく、妻同士でも気配りは大事なのである。

変な空気を変えるように、ルーがことさら明るく口を開く。

「そ、そのクーンさんは今なにを？」

「アリスのところに遊びに行ってるわ。というか、行かせたわ。放っとくと、あの子ずっと『バビロン』に閉じこもってるんですもの。不健康だわ」

クーンは一日のほとんどを『バビロン』で過ごしている。なので、リーン以外、まだそれほど深く話したりはしてないのだ。

「アリスの方からは、誰《だれ》か新しい情報を聞いてないのかの？」

「これ、ニャンタローからだけど」

スゥがみんなを見回すと、桜《さくら》が小さく手を挙げた。ニャンタローこと桜の召喚獣《しょうかんじゅう》であるダルタニャンは城下町の猫《ねこ》たちを牛耳《ぎゅうじ》っている。町の噂《うわさ》など情報という情報は桜へと集まるようになっていた。

もちろん全《すべ》てではない。ニャンタローの方で、桜へ伝えるべきもの、あるいは国王である冬夜《とうや》、または諜報《ちょうほう》部隊の長である椿《つばき》の方へと流すものと選《よ》り分けている。

そしてその桜に伝えるべきものの中に、当然アリスの行動や言動も含《ふく》まれていた。

「アリスが今、クーンと接触《せっしょく》してる。で、ニャンタローがそのそばにいて、現在盗撮《とうさつ》中」

ざわっ、と他《ほか》の八人が席を立ち、桜の周りに集まる。桜の手にしたスマホには城下町にある、喫茶店《きっさてん》『パレント』の店内が映し出されていた。

量産型のスマホはニャンタローたちにも配付されている。そのカメラ機能を使い、ニャンタローからリアルタイムの映像が主人である桜に送られてきているのだ。

『パレント』の店内。どうやら空いたテーブルの下、テーブルクロスに隠《かく》れて撮影《さつえい》しているらしい。かなりのローアングルで撮《と》られていた。なにかのこだわりなのかもしれないが。

カメラの先にあるテーブル席には少女が二人。どちらも綺麗《きれい》な白い髪《かみ》ではあるが、片方はミディアム、片方はツーサイドアップ。アリスとクーンである。

クーンの隣にはメカポーラこと、パーラの姿もあった。

『んー、おいしー！』

『時代を遡《さかのぼ》ってもここの美味《おい》しさは変わらないわね。未来よりメニューが少ないのは仕方ないのかもしれないけど』

小さくだが、はっきりと二人の声が聞こえた。音声に問題はないようだ。未来のブリュンヒルドにも『パレント』はあるようだ。

アリスはストロベリーパフェ、クーンはホイップクリームとフルーツが山盛りのパンケーキを食べていた。

『クーンお姉ちゃんが来てくれて助かったよ。ボク、ほとんどお金を持ってこれなかったからさー』

『私だってお金は未来《むこう》のギルドに預けっぱなしよ。お財布《さいふ》は持ってきてないわ』

『えっ⁉　こ、ここのお金どうするの⁉　ボ、ボク、もう食べちゃったよ⁉』

クーンの言葉にパフェをつついていたアリスのスプーンが止まる。すでにストロベリーパフェは半分ほどなくなっていた。

なんとも困ったアリスの顔を見て、クーンが堪《こら》え切れずに吹《ふ》き出す。

『安心しなさい。私は持っていないけど……パーラ』

クーンの声にひとつ頷くと、隣にいたクマゴレムはその口からチャリチャリ、と銀貨を数枚テーブルに吐《は》き出した。貯金箱か。

『脅《おど》かさないでよ、もー！　相変わらず性格悪いな、クーンお姉ちゃんは！』

『ふふふ。褒《ほ》め言葉《ことば》ととっておくわ』

「褒めているわけではないと思うでござるが……」

画面越《ご》しに会話を聞いていた八重が思わずつぶやく。こちらからの音声はオフになっているので、向こうに聞こえる心配はない。

「人をからかって喜ぶなんて、我《わ》が娘ながら呆《あき》れるわね、まったく」

「リーン殿《どの》も【リコール】を教える時、拙者《せっしゃ》と旦那様《だんなさま》をからかったではござらぬか……」

「……そんな昔のことは忘れたわ」

八重からのジトッとした視線をゆっくりと逸《そ》らすリーン。彼女《かのじょ》以外の脳裏《のうり》に地球で学んだ『この親にしてこの子あり』といった言葉が浮《う》かんだが、誰もツッコミはしない。なぜなら明日は我が身だからだ。

『みんな早く来ればいいのになー。八雲お姉ちゃんも修業《しゅぎょう》なんて適当に切り上げればいいのに』

『みんなも真《ま》っ直《す》ぐここに来ればいいけど。リンネとか、ヨシノとかは食べ歩きでもしてそうね。そういえばあの子たち、お金持ってるのかしら?』

クーンの言葉に九人の王妃たちが顔を見合わせる。ヨシノ。初めて聞く名だが、この中の誰かの子供であることは確かだ。

「えっと、八重さんの娘さんが八雲ちゃん、ヒルダさんの娘さんがフレイちゃん。で、リーンさんの娘さんがクーンちゃんで……。お姉ちゃんの娘さんがエルナちゃん、そ、それで、私の娘がリンネ……でした、よね？」

リンゼが名前の判明した子供たちを指折り数える。消去法により『ヨシノ』という名の子供は、残りのユミナ、スゥ、桜、ルーの子ということになる。

「名前の響《ひび》きからして冬夜の元の世界の言葉かの？」

「で、ござろうな。旦那様の暮らしていた『ニホン』とイーシェンは共通点が多い。『ヨシノ』、とはおそらく『ソメイヨシノ』ではなかろうか」

「ソメイヨシノ？」

「桜の一種でござるよ」

八重のその言葉にみんなの視線が桜に集まる。視線を向けられた桜は画面を眺《なが》めつつも、

「ヨシノ……」と小さく呟《つぶや》いて、笑《え》みをこぼした。

「……いい名前。きっといい子」

「まあ、それだけで桜殿の子か決めるのは早急《さっきゅう》でござるが……」

「きっと私の子。断言する」

くりっと、八重の方に首を向け、ふんす、と鼻息荒《あら》く桜が言い放つ。

「実は拙者の名前も桜の種類からきてござってな。拙者の二人目の子やも、」

「八重、意地悪。そんなんだから子供が逃《に》げる」

「逃げてるわけではござらんよ⁉」

違う、と思いたいが、八重にも幼少のころ、あまりにも過酷《かこく》な修業が嫌《いや》になって、逃げ出した記憶《きおく》がある。子供の頃《ころ》は兄の重太郎《じゅうたろう》ほど剣術馬鹿《けんじゅつばか》ではなかったので。

自分の娘にも同じことをしてないとは限らない。桜の言葉に少なからずショックを受けた八重であった。

『まあ、あの子たちならお金を稼《かせ》ぐ方法はいくらでもあるだろうけど……。ヨシノなら【テレポート】ですぐ跳《と》んでこれるだろうし』

スマホから聞こえたクーンの言葉に、ほら、ほら、どうだ！　とばかりに八重にドヤ顔を向ける桜。無属性魔《ま》法《ほう》は遺伝しないが、クーンも母親であるリーンと同じ【プログラム】を持っている。可能性は高いはずだ。

『アーシアなら絶対に真っ直ぐここに来るのにね』

「キ、キタアァァァァッ⁉　こ、これ、たぶん私《わたくし》の子供の名前ですわよね⁉　ルーシアとアーシア！　絶対にそうですわ！　ねえ、ユミナさん！」

「え、ええ。そうですね……」

隣にいたユミナが引きつった笑顔《えがお》で言葉を返す。

テンションが爆上がりのルーに若干《じゃっかん》みんな引いていた。気持ちは痛いほどわかるのだが。

『あの子はお父様にべったりだから、来たら来たで大変だと思うわ。こっちのルーシアお母様ともやり合わなきゃいいけど』

「えっ？」

画面の中で不穏《ふおん》な言葉とともにため息をつくクーン。それを聞いてルーの笑顔が固まる。

「どっ、どういうことでしょう？　今の……」

「察するにルーと仲が悪いのかしら。そのアーシアって子。冬夜にべったりって言ってたし、お母さん邪魔《じゃま》！　……みたいな？」

「え、え、え、エルゼさん!?　なんてことを言うんですの!?　そ、そ、そんなわけないでしょう!?」

「あはは……。ごめんごめん。冗談《じょうだん》よ、冗談」

「笑えませんわ！」

ダメだよ、お姉ちゃん！　と、リンゼが肘《ひじ》でエルゼをつつく。ルーの方は先ほどのハイテンションはどこへやら、急に不安な顔をのぞかせていた。

『大丈夫《だいじょうぶ》だよー。アーちゃんもルーお母さん大好きだし。ボク、来たらなんか美味しいもの作ってもらおうっと』

続くアリスの言葉にルーがホッと胸をなで下ろす。どうやらギスギスな関係ではないようだ。

『ウニャッ？』

「うにゃっ？」

突然《とつぜん》聞こえてきたニャンタローの声に全員が『？』と疑問符《ぎもんふ》を浮かべる。

するとカメラがアリスとクーンの位置から横にパンし、そこにドアップのパーラが映ってきた。

「あ、見つかった」

桜のぼそりと漏らした言葉の直後、スマホの映像がガタガタと乱れる。ニャンタローがスマホを落としたらしく、画面にはテーブルクロスに囲まれた、薄暗《うすぐら》いテーブルの裏しか映っていない。

しかし音声だけはまだ聞こえていた。

『ウニャッ⁉　このゴレム、ニャにするニャ！　ちょっ、ギニャ――――ッ⁉⁉⁉』

バリバリバリバリ、というスパークするような音と、数回の閃光《せんこう》が桜のスマホに送られてきた。

その後、パタリ……、となにかが倒《たお》れる音がして、落ちていたニャンタローのスマホに誰かの手が伸《の》ばされる。

画面が自撮りモードに変えられ、桜のスマホにクーンのイタズラめいた笑顔が映った。

『盗撮とは感心しませんわね、お母様方。子供にもプライベートというものはあるんですよ？　ごめんあそばせ』

ふふっというクーンの笑顔とともに画像はプツンと切れた。

「むう。ごもっとも」

桜がテーブル上のスマホに手を伸ばし、電源を切る。確かにクーンの言う通り、知りたいからと言って、盗撮はよくないことだ。王妃たち全員が我を忘れて盛り上がってしまったことを反省する。

「子供に教えられるとは、こういうことなのかしらね」

ふう、とリーンがため息とともにつぶやく。同じように他の八人からもため息が漏れた。

ここ数日、突然の出会いに困惑《こんわく》していた王妃たちは、いささか冷静さを取り戻《もど》したようである。

◇◇◇

「まったく、騒々《そうぞう》しいこと。パーラ、その子を騎士団詰所《きしだんつめしょ》まで送っていって」

子熊《こぐま》ゴレムはコクンと頷き、クーンからニャンタローのスマホを受け取ると、電撃《でんげき》を受けて倒れているその持ち主を担《かつ》ぎ上げた。

パーラはポーラとは違い、相手を攻撃《こうげき》する装備がいくつかある。あくまで相手を無力化するためのもので、そこまで強力なものではないが。

『パレント』のドアを開けて、ニャンタローを頭に担いだパーラが外へと歩いていく。

「あちゃー、撮られてたのかー。ボクなんかマズいこと言ったかな？」

「大丈夫でしょ。時江《ときえ》おばあさまもそこまでうるさくはないわ。あのことさえ言わなければ、ね」

「うーん。なら、大丈夫かな。おばあちゃんの説明、あんまり聞いてなかったから、ボク」

「あなたね……」

あははー、と誤魔化《ごまか》すように笑うアリス。呆れるクーンだったが、確かにそれなら心配はないわねと思い直す。

「でも本当に『ジャージの糸』なんて現れるのかなあ」

「……？　あ。……言ったそばから漏らすなんて、なかなかできることじゃないわね、アリス。あなた本当に、弟君に愛想《あいそ》尽《つ》かされるわよ？」

「そっ、そんなことないよ⁉　『アリスは悩《なや》みがなさそうで幸せだね』っていつも褒めてくれるもん！」

クーンはそれって褒めているのかしら、と思ったが、あえて指摘《してき》はしなかった。

弟の性格からしてなにも考えず、素直《すなお》な気持ちを口にしただけな気もする。

まあ、確かにアリスは時江のした説明をまったく覚えていないようだった。名前さえも正しくない。

なによ、『ジャージの糸』って。一瞬《いっしゅん》考えたわよ。と、クーンは呆れたが、時の狭間《はざま》に飛ばされたあの状況《じょうきょう》下で、よくここまで注意力散漫《さんまん》になれるもんだと逆に感心もする。

「とにかく余計なお喋《しゃべ》りはやめなさい。あなたのお父さん、お母さんたちにもよ？　そこからうちのお父様へ伝わることもあるんだから」

「はーい」

返事だけは元気がいい。本当に大丈夫かしらと不安になるクーンだが、今さら心配してもどうにもなるまい。

時江は言った。『未来は変わらない』と。しかし別の『神の力』が関《かか》わってくると、それは絶対的なものではなくなる。

大きな川に多少の水を投げ捨ててもなにも変わらない。上流の水は決められた流れに乗って下流の方へと流れていく。

しかし上流で豪雨《ごうう》が起これば、水位が上がり、川が氾濫《はんらん》する恐《おそ》れも出てくるのだ。

限りなく低い可能性であっても、それを無視するわけにはいかない。

「……現れなきゃ現れないでいいんだけど、ね」

クーンは小さくつぶやくと、食べかけのパンケーキをナイフで切り分けて口へと運んだ。

◇　◇　◇

「冬夜、『ジャージの糸』ってわかる？」

「ジャージ……？　なんだそれ？」

隣で釣《つ》り糸《いと》を垂らしていたエンデが突然そんなことを口走った。

ブリュンヒルドの飛び地であるダンジョン島に作られた漁港。そこの堤防《ていぼう》で僕《ぼく》とエンデはのんびりと釣りを楽しんでいた。

ジャージの糸？　ジャージって糸とかじゃなく、編み方のことじゃなかったか？　前にリンゼがそんなことを言ってたような。

素材って意味ならウールとかポリエステルとか？

「知らないならいいや。なんかメルがアリスからそんなことを聞いたらしいんだけど」

「……ジャージがなにか未来に影響《えいきょう》を？」

「さあ。あっ、エサ取られた」

トレーニングウェアが流行《はや》るんだろうか……？　『ファッションキングザナック』で売り出して冒険者《ぼうけんしゃ》の間で大流行とか。

ジャージを着た冒険者……。動きやすさという点ではアリなのか……？

わからんなあ、未来って……。

「おっと、釣れた」

『工房《こうぼう》』製のリールを巻き上げると、海面からアジに似た魚がピチピチと姿を現す。

釣り針《ばり》を外し、横に置いてあるバケツに放《ほう》り込《こ》む。これで三匹《びき》か。魔法などを使えばあっという間に大漁、とできるが、それではつまらないとのエンデからの申《もう》し出《で》で、普通《ふつう》に釣りの腕前《うでまえ》だけで勝負ということになった。

お互《たが》い、今日はなぜか嫁《よめ》と子供からハブられていたので、そのための気晴らしという意味合いもある。いや、エンデはともかく、僕はハブられたわけじゃないぞ？　うん、たぶん……。

「ああ冬夜、そういえばさ」

「んー？」

エンデがエサを付けた針をポチャンと海へと投げ入れた。チラリとエンデのバケツの中を覗《のぞ》き見る。向こうも三匹か。負けられないな。

「冒険者ギルドで聞いた話なんだけどさ、騎士《きし》王国レスティアで、竜《りゅう》が町を襲《おそ》ったらしいんだよ」

「……はぐれか？」

竜は基本的に人里まで下りて来たりはしない。竜の盟主であり僕の召喚獣である瑠璃《るり》がそう命じているからだ。

その棲息《せいそく》地域を荒《あ》らされない限り、人を襲うなと。なのでそれを無視する奴《やつ》は、群れから追い出されたはぐれ者か、なんらかの理由で親から離《はな》されて育った孤立《こりつ》した竜だ。

「暴れていたのは棘竜《スパイクドラゴン》の若竜《ヤング》でね。たぶん群れから追い出された奴だと思う」

スパイクドラゴンか。トゲトゲでデカいんだよなあ、あいつ。瑠璃より大きいからな。確実に銀ランク以上の討伐《とうばつ》対象だけれども。

「あ、ひょっとしてお前が倒しに行くの？」

エンデは金ランクになるために、最近大きな依頼《いらい》をこなしているらしい。今のままだと娘と同じランクだからなぁ。ここでも親の見栄《みえ》だね。

「そのつもりだったんだけど、もう倒されたらしいんだ。で、話したいのはここからなんだけど……倒したのは冒険者じゃないらしいんだよね。ギルドに報告もなかったし、ドラゴンもそのまま打ち捨てて行ったんだって。町の復興に役立てて下さいって」

「ほほう。それはそれは。なかなかできることじゃないね」

竜の素材は頭から尻尾《しっぽ》までとにかく金になる。それを惜《お》しげもなく引き渡《わた》すとは。

僕もミスミドでのっぴきならなくなって黒竜の素材を譲《ゆず》ったことがあるけど、あとで金額を聞いてずいぶんと後悔《こうかい》したもんだ。懐《なつ》かしいな。

僕は昔のことを思い出しながら、置いてあった水筒《すいとう》の水を直飲みする。

「その竜を討伐した人物なんだけとね、目撃《もくげき》した情報だと、なんでも子供らしいんだな。黒髪《くろかみ》黒目の女の子で、腰《こし》に刀を差したサムライ姿の……」

「ぶ――――――ッ!?」

「あ、やっぱりか」

エンデの言葉に、僕は飲んでいた水をアーチ状に海へと噴射《ふんしゃ》した。散らばった水にキラキラと虹《にじ》がかかる。

ちょっ⁉　それって絶対、八雲《ウチの子》だよねえ⁉　ドラゴン討伐する子供なんてそうそういないし！

なにやってんだ、ウチの子は⁉　でも人助けはえらいぞ！　お父さん褒めちゃう！

「今からレスティアに跳んでももういないんだろうなあ……」

「たぶんね。ギルドも詳《くわ》しい話を聞きたくて探したらしいけど見つからなかったって」

【ゲート】使えるらしいからなぁ……。転移魔法を持ってる奴がこれほど厄介《やっかい》だとは。人のこと言えないけど。

「はぁ……。おっ、アタリがきた……よっと。釣れた釣れた」

まだ見ぬ娘の活躍《かつやく》に対し、複雑な思いを抱《いだ》きながら、僕は釣り糸を引き寄せた。

それにしても『ジャージの糸』ってなんなんだろ？

◇　◇　◇

「あれ？　クーンにアリス？」

「あ、陛下とお父さんだ」

「お父様？」

ダンジョン島からの帰り道、ばったりとアリスとクーンに出会った。二人とも喫茶店『パレント』でお茶をしてきたらしい。

「え？　アリス、お金は？　持ってたっけ？」

「クーンお姉ちゃんに奢《おご》ってもらった」

エンデが心配そうに聞くと、あっけらかんとした答えが返ってきた。

「お小遣《こづか》いとか渡すべきなのかな……」

「いやー、どうだろう。必要な物があればその都度買ってあげたらいいんじゃないか？」

考え込んだエンデにそう答える僕。もちろん常識の範囲内《はんいない》でだが。

エンデは銀ランクの冒険者だ。それなりに稼いでいる。家には大食《おおぐ》らいの三人がいるため、エンゲル係数がとんでもないことになってはいるようだけど、お小遣いをあげられないほどではないだろう。

だけどこいつ、アリスに際限なくあげちゃいそうだからなあ……。

「えーっと、アリスはいま何か欲《ほ》しいものってあるかい？」

「欲しいもの？　うーん、ないこともないんだけど……」

エンデの言葉にアリスが考え込むように首を傾《かし》げる。高価なものなんだろうか？　それとも手に入りにくいものとか？

「あのね、ボク、ガントレットが欲しいの。いつも使っているやつ、未来《あっち》に置いてきちゃったから」

「ガントレット？　武《ぶ》闘《とう》士《し》の使うやつか？」

「そう」

それなら普通に武器屋でも売ってるはずだが。お気に入りの職人製とか、オーダーメイドの一品物とかかな？

「んーとね、ベヒモスの革《かわ》に晶材《しょうざい》の装甲《そうこう》が付いたやつなんだけど……」

「晶材？　ひょっとしてそれって僕が作ったやつだったり？」

「ええ、そうです。アリスのガントレットはお父様が彼女の誕生日にプレゼントしたものですわ」

僕の疑問にクーンが答えてくれた。子供のプレゼントにガントレットか……。それってどうなんだろう？

僕が首を捻《ひね》っていると、隣にいたエンデががっしと肩《かた》を組んでくる。

「どうだい、冬夜君。ここはひとつ親友の愛娘《まなむすめ》に贈《おく》り物《もの》をするってのは？」

「こういう時だけ親友面すんな」

べりっ、とエンデの腕をはらう。するとアリスが残念……という感じにしゅんと肩を落としてしまった。あ、いや、作らないとは言ってないぞ⁉

それを見たアリスの親父《おやじ》がキレ気味に僕の胸元《むなもと》を掴《つか》んできた。

「お金か⁉　お金が欲しいのか⁉　いくらだい！　いくら払《はら》えば作ってくれる⁉　アリスのためならいくらでも払うぞ！　この守銭奴《しゅせんど》！」

「違うわ、アホウ！　晶材はともかく、ベヒモスの素材がないんだよ！」

迫《せま》ってくる馬鹿《ばか》親父《おやじ》に怒鳴《どな》り返す。

ベヒモスは犀《さい》と水牛を足して強化したようなモンスターである。馬鹿《ばか》デカく、竜と同じかそれ以上の大きさを持つと言われるが、個体数が極端《きょくたん》に少なく、目撃例《もくげきれい》もあまりない。

僕も見たことはない。

『災厄《さいやく》の獣《けもの》』と呼ばれるほど気性《きしょう》が荒く、一度暴れ出したら手がつけられないとの噂だ。

村や町が壊滅《かいめつ》に陥《おちい》ったこともあるという。

「お父様なら見つけられるのでは？」

「いや、まあできなくはないけれども……。なんでクーンまでキラキラした目でこっちを見てるの？」

アリスと一緒《いっしょ》になってクーンまでもが期待に満ちた目でこちらを見ている。なんでだ？

「ベヒモスはゴレムの素材としても使えますの。角や骨は加工して装甲になりますし、血液はエーテルラインの触媒《しょくばい》としても使えます。獣油もゴレムの関節を滑《なめ》らかにするための最高級のグリースとして使えるんですわ」

ああ、そういう……。クーンが興味を持った理由がわかった。

まあ反対する理由はないのでマップで検索《けんさく》してみる。世界中を探せば何匹《なんびき》かはいるだろ。

「っと……あれ？　意外と近くにいたな」

予想外の検索結果にちょっと驚《おどろ》いた。ベルファストにいるぞ、こいつ。

しかも辺境だけど、かなり村の近くだ。これってマズいんじゃないか？　村の方へ近づいているような……。

「ちょっとマズいかもしれない。このベヒモスを倒してくるよ」

「あ、でしたら私も」

「あー！　クーンお姉ちゃんだけズルい！　ボクも……！」

「おっとっと、アリスはそろそろ帰らないと。お母さんたちが晩ご飯を待ってるからね」

僕たちについてこようとしたアリスをエンデが止める。バケツに入った魚はエンデの家庭の夕食だ。遅《おく》れると晩ご飯がメイン料理無しになってしまう。

「うー……！　でもー……」

「ちゃんと明日までにガントレットは作っておくからさ」

「わかった……」

アリスが渋々《しぶしぶ》だが引き下がってくれた。エンデがホッと胸を撫《な》で下ろしている。連れて行ってもしも遅《おそ》くなった場合、あの三人になにを言われるか。もちろん僕も巻《ま》き添《ぞ》えになること間違いなしだろう。他所様《よそ》の嫁さんたちに怒られるのはごめんだ。

「じゃあちょっと行ってくる」

「アリス、またね」

僕はクーンの手を繋《つな》いで【テレポート】でベルファストへと転移する。

一応ベルファストの国王陛下にベヒモスのことを知らせておこう。メールで事の詳細《しょうさい》を伝えたらすぐさま討伐許可《とうばつきょか》のメールが来た。倒した晩《あかつき》にはベヒモスの素材を安く分けてくれ、と追伸《ついしん》があったが。さすが。しっかりしてる。

目的の村には行ったことがなかったので、その近くの街道《かいどう》に出る。ここからレギンレイヴで飛んで行こう。

【ストレージ】から久しぶりにレギンレイヴを呼び出す。レギンレイヴのコックピットは広くはないが、子供一人くらいは楽に乗れる。

僕がクーンを連れてレギンレイヴに乗り込もうとすると、なにやら彼女がそわそわとし始めた。

「あの、お父様……お願いがあるんですけれど……」

娘からのお願い。喜ばしいことのはずが、なぜだろう。僕の頭の中に危険を告げるアラームが鳴り響いているのは。

「……なに?」

「私にレギンレイヴを操縦させてもらえませんでしょうか! 必ずベヒモスを倒して見せますので!」

そうきたかー……。いや、まあ、問題ないといえば問題ないんですけどね……。

「ちなみに操縦経験は? ああ、フレームギアじゃなくてレギンレイヴの」

「改装されたのには一度だけ乗ったことが。改装前のには乗ったことがなくて。だから乗ってみたいんです」

どうやら未来でレギンレイヴは改装されるらしい。レギンレイヴ・Mk-Ⅱ、とか?

まあ操縦方法はそんなに改装されていないらしいので大丈夫だとは思うが……。それともマニュアル車からオートマ車みたいな変化があったんだろうか。

「じゃあ……乗ってみる？」

「ありがとう、お父様っ！」

クーンに抱きつかれて悪い気分じゃない僕は、我ながらなかなかにチョロいと思う。ここにリーンがいなくてよかった……。なにを言われたことか。

とりあえずコックピットへと乗り込み、座席《シート》をクーンに合わせて前の方へスライドさせる。後方にスペースを作り、僕はそこに入り込んだ。けっこう狭《せま》いな……。

クーンがコンソール中央に僕のスマホをセットしてレギンレイヴを起動させる。

「行きます！」

立ち上がったレギンレイヴが【フライ】を起動させて空へと勢いよく飛び立つ。

慣性の法則で後方に揺《ゆ》さぶられた僕は、狭いコックピット内で後頭部をしたたかにぶつけた。

「待った待った！　出力をもう少し抑《おさ》えて！」

「は、はい！　思ったよりパワーが出るんですね……」

グラグラと大きく揺れるコックピット。あ、コックピットの衝撃《しょうげき》吸収装置がオンになってないぞ、これ。

クーンもそれに気がついたのか、パチパチとコンソールを動かして出力やバランスを安定させていく。

さすがというべきか、すぐに不安定さは消え、レギンレイヴは安定を取り戻した。コックピット内の衝撃吸収システムも正常に起動している。

「ふう。もう大丈夫です。それでベヒモスは？」

「ここから三時の方向。百二十キロばかり先」

僕はコンソールにセットしてあるスマホのマップを指し示しながら答えた。

レギンレイヴはややゆっくりと空を飛び始める。初めは蛇行《だこう》するような飛び方だったが、それもすぐに安定した飛び方になった。

「空を飛ぶ機体はあまり操縦したことがなくて……。リンゼお母様のヘルムヴィーゲにも一回しか乗せてもらってませんの」

「まあ、墜落《ついらく》する可能性があるからね。脱出《だっしゅつ》機能があるといっても万が一のこともあるから……おっと見えてきたぞ」

正面のモニターに目的の魔獣《まじゅう》を捉《とら》える。デカいな。レギンレイヴより二回りほど大きいぞ。あれで普通の魔獣とか信じられないな。

森の中にその巨体《きょたい》を沈《しず》ませていたそいつは、近づく僕らを見つけ首を空へと向ける。頭の両サイドから伸びる大きな水牛のような角と、鼻先に犀のような角を持つベヒモスは、背中にもいくつかの角が生えていた。

その体には毛はなく、まるで漆黒《しっこく》の鎧《よろい》を身にまとったような硬《かた》そうな外皮がある。

「素材を傷《いた》めるような倒し方はマズいですわよね？　うまく仕留めないと……」

「そうだな。言っとくけど飛操剣《フラガラッハ》は二本までだよ。それ以上はダメ」

形状を変化させ、あらゆる状況にも対処できるレギンレイヴ専用の飛操剣《フラガラッハ》はかなりの魔《ま》力量《りょくりょう》を使用する。

正直クーンの魔力量でどこまで安全なのか僕には判断できない。こんなことで無理をさせるわけにはいかないからな。

「えっと、飛操剣《フラガラッハ》起動。【形状変化《モードチェンジ》：晶剣《ソード》】」

レギンレイヴの背中から晶材の板が二つ分離《ぶんり》し、ゆっくりと剣状に変化した。ここらはやはり慣れが必要だな。

「いきなさい！」

二本の晶剣がミサイルのようにベヒモスへ向けて撃《う》ち出される。しかし飛んでいった剣は二本ともあさっての方向へとぶっ飛んでいき、ベヒモスに当たることなく地面へと突《つ》き刺《さ》さった。

「あらら」

「真っ直ぐに飛びませんわ！」

クーンが悔《くや》しそうに叫《さけ》ぶ。ま、初めてならそんなもんか。

飛操剣《フラガラッハ》は本数が多くなればなるほどそれぞれ別々の動きをさせることが困難になる。

フレームギアの方で自動で修正し、楽に操《あやつ》るシステムもあるのだが、それだと臨機応変に対応できなくなるのでレギンレイヴには積んでいないのだ。

クーンは何度もベヒモスに剣を突き立てようとするが、なかなか当たらず、当たりそうになってもベヒモスにひょいと躱《かわ》される始末だった。

「もう素直に手に持って戦った方がいいと思うぞ」

「うう……。わかりましたわ」

さすがにこれ以上時間をかけてしまうと日が暮れてしまう。暗くなればさらに命中率は落ちるだろうし、ここはさっさと普通に戦った方がいいだろう。

クーンは引き戻した晶剣を両手に持ち、ベヒモスの前へと着地する。

『ゴガァァァァァァァ！』

空からしつこいくらいに攻撃をしてきた相手にベヒモスの怒《いか》りは頂点に達《たっ》しているよう

だった。そりゃ怒《おこ》るよな……。

『ゴファッ！』

ベヒモスが地響《じひび》きを上げながらこちらへ向けて突進《とっしん》してくる。クーンがそれを躱しながら晶剣を振《ふ》り下ろすが、ベヒモスに当たることはなかった。けっこう素早《すばや》い動きをするな。

Uターンしてきたベヒモスが再びタックルをかましてくる。

「【形状変化《モードチェンジ》：太刀《タチ》】！」

クーンが手にあった二つの剣を合成し、大きな反りを持つ刀を作り出した。

両手で太刀を構えたレギンレイヴがベヒモスの突撃《とつげき》を交《か》わしつつ、横薙《よこな》ぎにそれを振るう。

太刀はベヒモスの肩口《かたぐち》を斬《き》り裂《さ》き、ダメージを受けたベヒモスは前のめりに地面へと倒れた。

「やりましたわ！」

「まだだ。ほらすぐに立つぞ」

深手とはいかなかったのか、肩から血を流しながらもベヒモスはすぐに立ち上がる。

『ゴガァ！』

ベヒモスが再びこちらへ向けて走ってくる。クーンがそれに合わせて太刀を構えた瞬間《しゅんかん》、ベヒモスの角がまばゆい光を発した。

「きゃっ⁉」

「うおっ⁉」

モニターからの突然の閃光に思わず目をつぶる。次の瞬間、ドガン！　という衝撃と共にレギンレイヴが吹《ふ》っ飛ばされた。

幸いコックピット内の衝撃はかなり緩和《かんわ》されたようだが、それでも強い衝撃が僕らを襲った。

レギンレイヴ本体は森の木々をへし折りながら岩肌《いわはだ》に激突《げきとつ》して動きを止めた。

「クーン、前！　また突っ込んでくるぞ！」

「は、はい！」

岩壁《がんぺき》にもたれるように倒れたレギンレイヴを追撃《ついげき》しようとベヒモスが突進してくる。

『ゴルガァァァ！』

ギリギリのところでレギンレイヴは空へと飛び立ち、突っ込んできたベヒモスは岩壁に激突した。

「あ、危なかったですわ……」

「どうする？　代わろうか？」

これ以上手こずるようなら僕がやろうかと口を出すと、クーンはふるふると首を横に振った。

「大丈夫です。次で仕留めます」

クーンはそう断言すると、ベヒモスの正面にレギンレイヴを降ろした。

これで終わらせるとばかりにベヒモスが勢いよく突進してくる。さっきと全く同じだけど、クーンはどうするんだ？

レギンレイヴが太刀を構えた瞬間、再びベヒモスが閃光を放った。

「今ですわ！【形状変化《モードチエンジ》：刺突盾《アスピス》】！」

閃光に一拍遅《いっぱくおく》れて再び、ドゴン！という衝撃がまたしてもレギンレイヴを襲う。

だが、今度は吹っ飛ばされることなく、レギンレイヴはベヒモスの突撃を大きな円形の盾で受け止めていた。

それでもベヒモスのパワーは凄《すさ》まじく、レギンレイヴを後方へと下がらせるほどの力であった。しかしすぐにその力は弱まり、その場に力なくベヒモスが倒れてしまう。

倒れたベヒモスの頭には大きな穴があいていた。クーンが作り上げた大きなトゲ付きの盾に自ら突っ込んで自滅《じめつ》したのだ。

ベヒモスの皮は硬い。普通の刺突盾ならひょっとしてこちらが折られたかもな。

しかし最強の硬度《こうど》を誇る晶材製の刺突盾《ほこ》ではそれは不可能だったわけだ。

「やりました！」

「ああ、うん。よくやったね」

ベヒモスの頭部は酷《ひど》いことになっていて、いささか価値は下がるかもと思ったが、水を差すような真似《まね》はしまい。

さて、狩《か》ったはいいが、ベヒモスの解体はどうするかな。冒険者ギルドに任せたいところだが、なにせこの大きさだ。ブリュンヒルドではちょっと人手が足りないかもしれない。ならベルファストの冒険者ギルドに頼《たの》むか。どうせベルファストにも売るんだし、僕らはアリスのガントレットを作る分と、クーンが欲しい素材だけもらえばいいわけだし。

ベヒモスを【ストレージ】にしまい、その旨《むね》を国王陛下に伝えたら、当たり前だが王都の外でと指定された。まあこんな大きな魔獣、そうなるわな。

クーンの操るレギンレイヴでベルファストの王都、アレフィスに向かい、王都から少し離れた街道の横に、倒したベヒモスをドズンと置いた。

しばらくすると冒険者ギルドの代表がやってきた。すでに国王陛下から話を聞いているらしく、ギルド総出で解体を請《う》け負《お》ってくれることになった。ありがたいね。

とりあえずアリスのガントレットに使う皮部分だけを先にもらうことにする。クーンの欲しい素材は後日だ。

本来なら鞣《なめし》など、皮から革への工程は時間がかかるものだが、そこらへんはバビロンの『錬金棟』であっという間に短縮できる。明日にはガントレットを完成させられるだろう。

すっかり日も暮れて、いつの間にかベヒモスの周りに松明《たいまつ》が焚《た》かれていた。素材が傷む前にこれから夜通し解体をするらしい。自分で持ち込んでおいてなんだが、無理はしないでほしいところだ。

「よし、じゃあ帰るか」

「今日はお父様と遊べて楽しかったですわ！」

クーンが屈託《くったく》のない笑顔《えがお》を見せる。遊んでいたつもりはなかったのだが……ま、そう思ってくれたなら僕も嬉《うれ》しいね。

クーンと手を繋いで【ゲート】をくぐり、ブリュンヒルド城のリビングに転移すると、目の前に腕《うで》を組んでご機嫌斜《きげんなな》めのリーンが立っていた。あ、あれ？　なんか怒ってます？

「……遅くなるなら一言連絡《れんらく》をするべきじゃないかしら、お父さん？」

「あ、いや、親同伴《おやどうはん》だから別にいいかな、と……」

「へえ……。その子の親は貴方《あなた》一人なのかしら？　もう一人には伝えなくても構わないと？」

「いやいや、そんなことは！」

マズい。相当にお怒りのようだ。こんなことになるならきちんと連絡を入れるべきだった！　クーンとの時間が楽しくてすっかり忘れていた……。

変な汗《あせ》を出している僕の隣《となり》にいたクーンがクスクスと笑う。いや、笑い事じゃないよ!?

「大丈夫ですわ、お父様。お母様は仲間外れにされて拗《す》ねているだけですから」

「……別に拗ねてないわよ」

リーンが顔を赤くしてぷいっと視線を外す。あれ？　そうなの？

「お母様は一旦《いったん》拗ねると長いですから、お父様は早くご機嫌《きげん》を取らないといけませんね。明日一緒にデートでもなさったらどうですか？」

「だから拗ねてないって言って……！　……はぁ、もういいわ。怒るのも馬鹿馬鹿《ばかばか》しくなってきたから」

リーンがため息をついて頭を軽く横に振った。

やれやれ、どうやらお許しが出たようだ。リーンの娘《むすめ》なだけあって、クーンは交渉術《こうしょうじゅつ》に長《た》けているようだ。

「むむう、親子っぽい会話でござる……」

「羨《うらや》ましいです……」

「いいのう。わらわたちもあんな風に話したいものじゃのう」

リビングにいた、八重、リンゼ、スゥの視線が僕らに刺さる。親子っぽい会話ねえ。あまり実感はないのだが。

そう見えたとしたならちょっと嬉しいかな。

まだなんとも慣れない感じではあるけれども。

「ふふ。さ、お母様、ご飯に行きましょう。ひと暴れしてきたんでお腹《なか》が減ってしまいましたわ」

「ひと暴れって……。貴女《あなた》、本当にいったいなにをしてきたの？」

クーンが困惑しているリーンの手を取って食堂へと歩いていく。その後ろ姿はどう見ても姉妹にしか見えない。なんとも不思議な感じだ。

さて、僕も明日までにアリスのガントレットを作らないとな。でないとアリスの親父がうるささそうだ。

僕は手に入れたベヒモスの素材を『錬金棟』のフローラに渡すため、【ゲート】を開いた。

第二章　騎士の娘

クーンが来てから二週間。

取り立てて新しい情報もなく、新しい子供が現れる気配もなく、時は過ぎていった。

この間にエンデ、エルゼ、八重《やえ》、ヒルダの四人は、冒険者稼業《ぼうけんしゃかぎょう》に勤《いそ》しみ、ランクを上げることに専念していた。

その甲斐《かい》あって、エルゼ、八重、ヒルダの三人は晴れて銀ランクに、エンデのやつはついに金ランクへと上りつめた。三人目の金ランク冒険者である。

現在、世界に金ランク冒険者はレスティアの先々国王であるギャレン爺《じい》さん、そして僕とエンデの三人しかいない。まあ、すぐに三人追加されるかもしれないけど。

エンデの方は金ランクになったことで、いろんなところから引き抜《ぬ》きの話が来ているようだ。

騎士団長待遇《きしだんちょうたいぐう》で迎《むか》えるという国もあったらしいが、『ボク、しばらくはこの国から出ないよ。行くならお父さんだけで行ってね』というアリスの言葉により、全《すべ》て断ったとか。

なかなかあいつも親バカになりつつある。

そのアリスの方はというと、たまに城の方へ来てエルゼと訓練する以外は、ずっとメルたちとべったりしている。メル、ネイ、リセを含《ふく》めた四人で歩いていると、親子というよりは四姉妹に見えなくもない。

うちのクーンもリーンと並ぶと姉妹にしか見えないけどな。時を超《こ》えて来てるんだから当たり前かもしれないが。

まあ、それは置いといて。

「で、君らはずっと何を造っているのかね？」

わけのわからんパーツに魔法《まほう》を付与《ふよ》したり、組み立ててはバラしてを繰《く》り返す三人に声をかけた。

バビロン博士と、エルカ技師、そして我《わ》が娘クーンの三人である。

ずっとバビロンに閉じこもって、開発・研究を続けているのだ。正直、何を造っているのか今のうちに聞いておかないと不安でしかたがない。

「ほら、フェルゼンで魔導《まどう》列車が造られただろ？　それをゴレム化できないかってね」

「列車をゴレム化？」

「通常時は客車を牽引《けんいん》する機関車、非常時には変化して巨大《きょだい》なゴレムとなる……」

「待て待て、ちょっと待て」

機関車がゴレム化まではいい。運転手が必要なくなるし、魔力バッテリーで補っていた魔力をゴレムのGキューブで供給すればかなりコスト的にも安くなるかもしれないし。魔力バッテリーを売ろうとしているうちの国としては商売上がったりだけれども。

それはいいが、変形して巨大なゴレムってのは必要か？

疑問を持つ僕にエルカ技師が説明してくれる。

「客車が脱線《だっせん》したり、違《ちが》う客車を連結するときなんかには便利よ。それに列車を襲おうとする盗賊《とうぞく》なんかの対策にもなるわ」

「うーん……」

「それにクーンから聞いたんだが、未来では巨獣《きょじゅう》が割と頻繁《ひんぱん》に現れるらしい。世界融合《ゆうごう》の影響なんだろうが、今から対策は必要だろ？」

そんなに現れるのか？　二つの世界が融合したせいで、魔素溜《だ》まりが増え、そこで生活している魔獣が変異することは予測していたが。

「お父様の……あ、すみません、未来《むこう》のお父様の話だと、過去に出現していた巨獣と比べると、それほど大きくはなく、強さもさほどではないとのことですわ。赤ランクの冒険者数人で倒《たお》せる個体もいますし。稀《まれ》に、強い個体が現れることもありますけど」

ふむ。世界融合によってできた魔素溜まりと、昔からあった魔素溜まりで生まれた差かな……。養殖《ようしょく》と天然モノみたいな感じか。そうなるとゴレム列車が変形して巨獣を撃退《げきたい》するってのはアリなのかな……。アリか？

「すでに未来ではこのゴレム列車が普通に走っていますよ？　自分がその開発に携《たずさ》わることになろうとは思いもよりませんでしたが」

あー、そうなるのね……。すでに決定された未来か。まさか人間の顔面が取り付けられた機関車とか造らんよな……？

母さんの話によると、子供の頃《ころ》あれが怖《こわ》くて、ギャン泣きしたらしいんだが、僕《ぼく》。頼むからこれ以上余計なギミックはつけないでほしい……。

考えることを放棄《ほうき》した僕の耳に、着信音が届く。僕のじゃないな。クーンか。

クーンがポケットからスマホを取り出して電話に出る。……なんかずいぶんとデコったケースに入ってるね……。

というか、その電話もしかして……。

「はい、もしもし。……今、どこですか？　…………はぁ……わかりました。いいですか、そこを動かないで下さいね。では場所を添付《てんぷ》してメールで。はい。くれぐれも動かないように」

ピッ、とクーンが通話を切る。なにやらため息をついてしかめっ面《つら》をしているけど……。

「今の……」

「三人目が来ましたわ。フレイお姉様です」

「っ！」

フレイ。フレイガルド。ヒルダと僕の娘で、次女にあたり、クーンにとって姉に当たる。

八雲、クーンに続いて三人目だが、年長組に集中しているな。なにか原因があるのだろうか。

「フレイお姉様は魔人国ヘルガイアに出現したそうです」

「ヘルガイアに？」

魔人国は西方大陸に位置する魔族や亜人《あじん》たちの国だ。世界融合後は同じ地形のイグレット王国と鏡合わせのようにお隣に存在している。

ヴァンパイアロードである『魔人王』が治める島国で、魔人王とは以前、海賊《かいぞく》たちが王《おう》妃《ひ》のクローディアさんを攫《さら》った時に会ったことがある。

あれからヘルガイアはお隣のイグレット王国と国交を始め、今では船で貿易も始めていると聞いた。フレイはそのヘルガイアに出現したのか。

ピロン、とクーンのスマホからメールの着信音がした。クーンはすぐさまそのメールを僕のスマホへと転送してくる。

文章はなく、地図が添付されているだけだった。これは……どこかの森の中か？　その中に大きな建物がひとつと、小さな建物がいくつかあるけど……。

「盗賊団の根城だそうです。今から殲滅《せんめつ》に向かうとのことでしたので、とりあえず待ったをかけました」

「はあ⁉」

盗賊団⁉　ちょっ、なにやってんのぉ⁉

「なんと言いますか、フレイお姉様は騎士道《きしどう》精神溢《あふ》れる方で、こういった悪を見逃《みのが》さないんですわ」

「いや、言ってることはご立派だけど！　まさか一人でやろうっての⁉」

この建物が根城だとしたら、十人、二十人じゃないだろう。百人近くはいるかもしれない。ちょっとした軍隊だ。いくら強いからといって十歳《さい》そこらの女の子一人で……！

「と、とにかくヒルダに電話して……！」

「早くした方がいいと思いますよ。盗賊団が手を出していなければいいのですが、フレイお姉様は攻撃《こうげき》されて黙《だま》っている方ではないので」

「なんでそう好戦的かなあ⁉」

「好戦的……とはちょっと違うのですけれど」

うーん、とクーンが困ったような顔で首を傾げる。

ヒルダに連絡すると、ちょうど訓練場にいるというので、通話したままクーンとそこへ転移した。目の前にびっくりした顔のヒルダが現れる。

「きゃっ⁉　どっ、どうしたのですか⁉　クーンも一緒で……」

「話は後だ、ヒルダ！　フレイを迎えに行くから一緒に行くよ！」

「えっ？　フレイって……。あ、わ、私《わたくし》の⁉」

突然《とつぜん》現れた僕に驚くヒルダの手を掴み、ヘルガイアへと転移を開始する。魔人王の依頼《いらい》でテンタクラー退治に一度行っているし、ヘルガイアは割と近いから【テレポート】でも問題ない。

「ちょ、旦那様《だんなさま》⁉　ヒルダ殿《どの》とどこに⁉」

「悪い、八重！　説明は後でするから！」

消えゆく景色の中、ヒルダと同じく訓練場にいた八重が慌《あわ》てふためいていたが、すでに転移を終えた僕らはヘルガイアの森の中にいた。

「こ、ここに私《わたくし》の娘が……？」

「ちっ、位置がちょっとズレたか。えっと方角は……こっちか？」

森の先になにか建物らしきものが見える。あれは……小さいけど砦《とりで》か？　魔人王が統治するまではこのヘルガイアでも内戦があったとは聞いたが……。その廃砦《はいとりで》だろうか。

「急ごう。早くしないとフレイと盗賊団が戦いを始めてしまうかも……」

「と、盗賊団⁉　ちょ、冬夜《とうや》様⁉　ど、どういうことですかっ⁉」

初耳なヒルダが目を見開いて、僕に迫ってくる。どうどう、落ち着いて。まずその胸倉《むなぐら》を掴む手を放して下さい。力入れすぎ、かなり苦しい、です……。

呼吸困難から解放された僕の代わりに、クーンがヒルダに今までのことを説明してくれた。

「盗賊団に一人で乗り込むとか！　なにを考えてるんですか！」

「いや、僕に言われても……」

僕はぷんすかと怒りつつも足早に森を駆《か》けるヒルダを追った。まだ昼を過ぎたばかりだというのに暗い森だな。鬱蒼《うっそう》と茂《しげ》った木々の葉が日光を遮《さえぎ》っている。

「写真の位置はここら辺だけど……」

キョロキョロと辺りを見回すが、それらしき姿はない。盗賊団のテリトリー内で大声で呼ぶわけにもいかないしなあ……。

「しっ。……お父様、ヒルダお母様、静かに」

クーンの声に僕らはピタリと動きを止めて耳をすます。え、なに？　なんか聞こえる？

「うにゅにゅ……」

……なんか聞こえた。なんだ、今の？

「こっちですわ」

クーンが低木の茂る中をずんずんと進んでいくと、少し開けた木の根元で座《すわ》り込んでいる少女を見つけた。

いや、違う。座り込んでいるんじゃない。……寝《ね》てる？

木に背中をもたれて寝息《ねいき》を立てている小さな少女は、肩ほどまで伸《の》びた、ゆるふわの金《きん》髪《ぱつ》に動きやすい部分鎧を身に付けていた。この子がフレイか。

鎧はどことなくヒルダのに似ているが、両腕《りょううで》と両足に装備されたガントレットとグリーヴだけが不釣《ふつ》り合いにゴツい。武器はなにひとつ装備していないけど、武闘士《ぶとうし》なのかな？

「お姉様。フレイお姉様。起きて下さい」

「ん〜……？　クーンちゃん、来るの早いねぇ……、もうちょっと遅くてもよかったのに……。全然眠《ねむ》れないんだよ……」

ゆさゆさとクーンに肩を揺さぶられて、フレイが目を覚ます。ゆっくりと開かれた瞳《ひとみ》は、母親と同じ澄《す》んだブルーの光をたたえていた。

寝ている時はそこまで感じなかったけど、目を開くとはっきりとわかる。確かにこの子は僕とヒルダの子だ。隣に立つ姫騎士《ひめきし》の少女とよく似ている。

「……？　お母様⁉　お父様もいる！　わあ！　やっぱり少し若いねぇ！　なんか変な感じだよ～！」

目を見開いたフレイは飛び起きて、僕らの方へと駆けてきた。そしてそのまま僕ら二人へ向けてダイブしてくる。ちょっ……！

かなりの勢いがあったが、僕らは娘を真正面から受け止めた。いたたたたた！　鎧が痛い！

「えっと、フレイ……フレイガルド、ですか？」

「そだよ。フレイだよ、お母様。わかんなかった？」

「すみません、初めて会ったもので……」

「あ、そっか。そだった」

フレイはパッと僕らから離《はな》れ、にへー、っと笑う。

「お父様もわかんなかった？」

「え、そりゃ、ね。でもヒルダとよく似てるとは思ったよ」

「そっかー。嬉しいな」

性格はかなり違うような気がするが。

ヒルダはキリッとしたイメージだが、フレイはホヘ～っとしたイメージだ。なんというか、ゆるい。かわいいけど。

クーンよりも子供っぽく見える。いや、クーンが大人び過ぎているだけなのかもしれないが。

「それよりもフレイお姉様。なぜ盗賊団の根城に乗り込もうなんて話に？」

「そっ、そうです！　危ないじゃないですか！」

クーンが僕らも聞こうと思いつつも後回しにしていた疑問をぶつけ、ヒルダもそれに反応してフレイにせめよった。

「んーとねえ、ここから南にある小さな村の近くに気付いたら私はいたの。その村では毎月盗賊が襲《おそ》ってきて村の食料を奪《うば》っていくんだって。酷いよねえ。だから私が潰《つぶ》そうと思って」

「だっ、だからって、あなたがそれをすることは……！」

「騎士《きし》たるもの、弱き者の盾となり剣となれ、ってお母様はいつも言ってるよ？」

「うっ……！　言った覚えはないですけど、言いそうです……」

なんで？　と首を傾《かし》げるフレイにヒルダがたじろぐ。

「で、でもあなたはまだ子供で……」

「盗賊団に殺された村の人もいるの。早くしないともっと被害《ひがい》が出るんだよ。やるときにやらなきゃ。大人とか子供とか関係ない。その力を持っているなら使うべきなんだよ」

これは……びっくりしたな。ゆるい性格だけど、考え方はしっかりしている。流されたわけじゃなく、自分でちゃんと考えて行動に移したのか。

その意思の強さは確かにヒルダの娘と思わせるものがある。

やがてヒルダが諦《あきら》めたように小さくため息をつく。

「……ふう。あなたの言いたい事はわかりました。確かに盗賊団を放っておくわけにはいきません。私たちも協力するので、さっさと片付けてブリュンヒルドに帰りましょう」

「え、ホント⁉　やったーあ」

ばんざーい、と諸手《もろて》を挙げて喜ぶフレイ。なんというか、のほほんとした反応だな。

……和《なご》む。

ま、それはそれとして。

「ところでフレイは武器を持ってないけど、武闘士なのか？」

「え？　ううん、違うよ？　武器ならほら、【ストレージ】」

フレイがそうつぶやくと、空中に魔《ま》法陣《ほうじん》が現れ、そこから刃《は》渡《わた》り一メートル半はありそうな巨大な大剣が落ちてきた。

ザクッ！　と地面に突き刺さったその大剣は、持ち手の部分以外、刀身全てが晶材《しょうざい》でできた水晶《すいしょう》の大剣だった。

「フレイは【ストレージ】が使えるのか……」

「よいしょ」

フレイが自分の身長よりも大きな大剣を軽々と持ち上げる。うえっ⁉　なんつう馬鹿力《ばかぢから》……！　ああ、【グラビティ】で軽量化の魔法が付与されてるのかな？

「それがあなたの武器ですか？」

「フレイお姉様は【ストレージ】の中に様々な武器を持っているんですの。臨機応変に武器を変えて戦うのがフレイお姉様のスタイルなんですわ。騎士としてはちょっと変わってますけれど」

「えー？　そんなことないんだよー。騎士道ってのは戦い方じゃなくて、信念のことだってお母様も言ってたもん。ねー？」

「言った覚えはないですけど、言いそうです……」

ヒルダがなんとも言えない顔で天を仰《あお》ぐ。様々な武器をってことは、フレイはヒルダのような剣専門の特化型というよりは、オールマイティな万能型《ばんのうがた》ってことなのかね？

剣に関してはおそらくヒルダや八重、諸刃《もろは》姉さん仕込みなんだろうから心配ないのだろうけど。ああ、斧《おの》とか弓とかなら狩奈《かりな》姉さんからも教えてもらえるか。

「ちなみに私の使う武器はほとんどお父様が造ってくれたものだよー。合計で百個くらいあるの。【パラライズ】とか【モデリング】とか付与してあって、スタンモードにしたり、刃引き状態にもできるんだよー」

「かーっ！　まったく娘に甘《あま》い！」

自分のことだけに、怒ったもんか、呆《あき》れたもんか、もうわからん！　おもちゃを与《あた》える感覚で武器を与えてんのか⁉　殺伐《さつばつ》すぎるだろ！

「なるほど、私の剣と同じですね。その武器なら殺傷力を臨機応変に変えられる。盗賊団相手でも余計な殺生《せっしょう》はせずにすみますね」

「うん。きちんと捕《つか》まえて、罪を償《つぐな》わせるんだよ。悪党は許さないんだよ。まあ骨の一本や二本は覚悟《かくご》してもらうけどねー」

「それには同意します」

なんでしょう。妻と娘が殺伐とした会話をしているんですけれども。もっと和気藹々《わきあいあい》といかんもんかね？

引きつった笑いを浮《う》かべている僕のところへクーンが近寄ってきて、こっそりと声をかけてきた。

「心配いりませんわ。これがフレイお姉様の通常運転ですので。……ちなみに姉妹弟《きょうだい》の中で怒らせたら一番怖いので、気をつけて下さいませ」

……そうなの？　のほほんとしたゆるい雰囲気《ふんいき》からは想像もつかないが、普段《ふだん》大人しいタイプの方が怒ると怖いって言うしな。……大人しいタイプとも違う気がするが。

「お父様。盗賊団は何人いるかわかるー？」

「え？　あ、ちょい待ち。えーっと……あれ？　検索《けんさく》できない……。阻害《そがい》結界が張られているのか？」

ヘルガイアも元・裏世界だから、魔法《まほう》結界とかは少ないかと思っていたのだが。

ヘルガイアは魔人……魔族の国だから、魔法が使える種族が多くてもおかしくはない。過去、この砦にそういった魔法使いが阻害結界の魔法を付与した可能性はある。だからこそ、盗賊団もここを根城にしたのかもしれないな。

まあ、だいたい百人前後だとは思うが、魔族は身体能力に優《すぐ》れ、手強《てごわ》い奴《やつ》らが多い。付き従うゴレムなどもいるだろうから、けっこうな数になるかもしれん。

「クーンは戦えるのか？」

「お母様と同じく私も闇《やみ》属性以外全ての魔法を使えるのですけど、戦う時はもっぱらこっちですね」

　クーンが手にした『ストレージカード』を一振《ひとふ》りすると、そこに二丁の変わった銃《じゅう》が出現した。あれは……魔法銃《スペルキャスター》か？

「あとはこの子ね」

『ストレージカード』からさらに、メカポーラことパーラが落ちて来て、ガシンガシン、と立ち上がる。

「こいつ、戦闘《せんとう》能力あるのか？」

「『王冠《おうかん》』ほどではないけど、それなりに戦えますわ。特殊能力《ゴレムスキル》を持ってないので、内蔵装備だけですけど」

　クーンがそう説明すると、パーラが両手から短い爪《つめ》を飛び出させた。バチッ、バチッと火花がスパークする。電撃爪《スタンクロー》かよ。

　まあ、これなら大丈夫《だいじょうぶ》か。

「えへへ。なんか楽しいんだよ。家族でピクニックに行くみたいな気分」

「そうですね。不謹慎《ふきんしん》ですが、ちょっとだけ楽しいです」

「ピクニックとはちょっと、いやかなり違うと思うが……」

　砦を見上げ、微笑《ほほえ》みながら並んで立つ母娘《おやこ》。なんで君たちそんなに楽しそうなんですかねぇ？

「じゃあ行こっか。盗賊退治」

出会った娘との初めての共同作業が盗賊退治とは……。フレイの言葉に僕は小さくため息をついた。

◇　◇　◇

「ころすっ！　ごろずうぅっぅっ！」

赤銅色《しゃくどういろ》の肌《はだ》をした巨体《きょたい》のオウガ族が、丸太をブンブンと振り回してこちらへと迫《せま》る。とんでもないパワーだな。あんなのを食《く》らったら、ただではすまないだろう。

当たれば、だが。

「よいしょー」

振り下ろされた丸太をひょいと躱し、その大きな腕を駆け上がって、フレイが手にした大剣《たいけん》をオウガの後頭部《こうけいぶ》に叩《たた》き込《こ》む。

「うげっ⁉」

オウガが前のめりに倒れる。首は切れてはいない。大剣は刃引き状態のようだ。

「ガキが！　調子に乗りやがって！」

槍《やり》を構えたワーウルフがフレイへ向けて渾身《こんしん》の突《つ》きを繰り出した。

それに慌てることなく、フレイは手に持った大剣を躊躇《ためら》いなく投げ捨てる。

投げ捨てた大剣は【ストレージ】に収納され、間髪《かんはつ》を容《い》れずに腰《こし》にやった手の先から、新たな【ストレージ】を通じて別の武器が手に収まった。

それは美しい刃紋《はもん》煌《きら》めくサムライの刀。フレイはそれを鞘《さや》から一気に引き抜くと、ワーウルフの持っていた槍を下から真っ二つに切り裂いた。

「なっ⁉」

「調子になんて乗ってないんだよ」

目を見開いたワーウルフの後頸部に、フレイの刀が振《ふ》り下ろされる。一瞬《いっしゅん》今度こそ首が落ちたかと思ったが、瞬間的《しゅんかんてき》に刃引き状態へと切り替《か》えたようだ。武器を使いこなしているな……。

意識を手放したワーウルフが地面へと倒れこむ。

そのまま今度は刀を【ストレージ】へと収納、刀と入れ違いに飛び出してきた銀の弓と矢を掴《つか》み、素早《すばや》く引き絞《しぼ》ってヒュンと木の上へと放つ。

「ぐはっ⁉」

木の上にいたダークエルフが真っ逆さまに落ちてくる。あれは……【パラライズ】の付与された矢か。フレイは弓まで使うのか。おそらく、いや確実に狩奈姉さん仕込みだな。

再び弓を【ストレージ】にしまい、今度は斧槍《ハルバード》を持って、フレイはケンタウロスへと向かっていった。

「なんだあの【ストレージ】の使い方……。あんなに速く出し入れできるもんなのか？」

フレイの【ストレージ】の使い方に呆れる。【ストレージ】は一応出し入れの手順があり、いくらなんでもあんなに速くは取り出せないはずだが。

「フレイお姉様の武器は【アポーツ】を付与してますから。武器の方から飛び出してくるんですよ」

「ああ、なるほど。そういう作り方があったか……。ってあの武器作ったの未来の僕か……」

僕がぽかんとしていると、傍《そば》にいたクーンがその秘密を教えてくれた。

話しつつ、クーンも手に持った二丁拳銃《けんじゅう》ならぬ、二丁魔法銃《スペルキャスター》で、襲いかかってくるハーピィを撃《う》ち落としている。

その横にいるパーラもぴょんぴょんと跳《は》ね回り、その電撃爪でサテュロスを痺《しび》れさせていた。あいつもなかなかやるな……。

「レスティア流剣術《けんじゅつ》、一式・風刃ーっ！」

「レスティア流剣術、五式・螺旋《らせん》！」

ふと正面に視線を戻《もど》すと、フレイとヒルダの剣が、大型ゴレムに炸裂《さくれつ》するところだった。

放たれた風の刃がゴレムの首を断《た》ち斬《き》り、回転をかけた必殺の突きがその腹に風穴を空ける。おお、母娘初の共同作業。

当たり前だけど、フレイもレスティア流剣術を使えるんだな。

「綺麗《きれい》な太刀筋《たちすじ》です。きちんと研鑽《けんさん》を積んでいるようですね」

「えへへ、お母様に褒《ほ》められたんだよ！」

照れながらもその手は止まることなく、フレイの剣閃が走るたびに盗賊たちが倒れていく。まるでお遊びのようにひょいひょいと、相手の剣を弾《はじ》き、躱《かわ》し、撃ち込み、叩き伏《ふ》せていく。

ちょ、そのでっかいハンマーなんですか⁉

「どっかーん！」

超重《ちょうじゅう》武器を腹に叩き込まれたゴレムが砦の城壁《じょうへき》までぶっ飛ばされてバラバラになる。

違う。僕はてっきり武器に【グラビティ】が付与されているから、あの子は軽々と大剣などを使いこなしているんだと思っていたが、あれは違う。

あれは【パワーライズ】だ。使用者の膂力《りょりょく》を跳ね上げる無属性魔法。フレイは【ストレージ】と【パワーライズ】を持っているのか。

確かに気持ちは騎士かもしれないが、戦闘スタイルが騎士らしいかと言われれば微妙《びみょう》な気はする……。その短い偃月刀《えんげつとう》を柄《つか》で二つ合わせたような武器の名前はなんですか？

「死ねや！」

「おっと」

ボーッとしてたらワータイガーのチンピラに斬りかかられた。いかんいかん、戦闘中だ。剣を後ろに跳《と》んで躱し、抜いたブリュンヒルドで麻痺弾《まひだん》を撃ち込む。

「がふッ⁉」

一撃《いちげき》でワーウルフは舌を出しながらその場に倒れた。なんだかんだで盗賊たちも半分くらいは減ったのか？　ほとんど僕は手を出してないけど。

奥《おく》さんと娘を戦わせて、自分は高みの見物とかはないよな。よし、お父さんも頑張《がんば》ろう。と、思っていたら砦の城壁をぶち壊《こわ》して、大きな斧を両手に持った搭乗型《とうじょう》ゴレムが現れた。一瞬フレームギアのパクリロボ、鉄機兵かと思ったけど、あれより出来がいいな。

「貴様ら何者だ！　魔人王の手の者か⁉」

首のない搭乗型ゴレムに剥《む》き出しのまま乗っているのは、青白い肌で赤目の男だった。

ヴァンパイア……かな？　ひょっとしてこいつが頭目だろうか。

「魔人王とは関係ないけど、魔人王もすぐにここにくるから安心しなよ」

きちんと襲撃《しゅうげき》する前に【ゲートミラー】でここのことは伝えておいたからな。国内で勝手に暴れるわけにもいかんし。すぐに討伐隊《とうばつたい》と一緒《いっしょ》に向かうって返事が来たけど、たぶん僕らだけで終わらせられると思う。盗賊討伐《とうぞくとうばつ》の許可はもらったし、僕らが殲滅《せんめつ》しても問題はないはずだ。

「おのれ！　貴様らみたいなガキどもにやられるか！」

ガキってのには僕とヒルダも入っているんだろうか。結婚《けっこん》してるし、一応ここに子供もいるんだけどねえ。未来から来た子ですが。

まあ、長命種のヴァンパイアにしてみたら僕もヒルダもガキには違いないか。

ズシンズシン、とゴレムが地響《じひび》きを立てて、斧を振りかぶりながらこちらへと突っ込んでくる。遅《おそ》いな。

「レスティア流剣術、三式・斬鉄《ざんてつ》！」

飛び込んだヒルダの剣がヴァンパイアの搭乗するゴレムの腕を肘《ひじ》からスパンと斬り落と

す。斧を持った太い右腕《みぎうで》がドゴンッと地面に落ちた。

「なっ⁉」

驚《おど》くヴァンパイアの男の前に、巨大な突撃槍《ランス》を振りかぶったフレイが立つ。

「ていっ」

槍投《やりな》げの要領でフレイが突撃槍《ランス》を力いっぱい投げた。それ、そういう使い方じゃないと思う……。

投げられた突撃槍《ランス》は搭乗型ゴレムの腹に突き刺《さ》さり、乗っていたヴァンパイアの男は地面へと吹《ふ》っ飛んだ。

「ぐっ……！」

「はい、お疲《つか》れ様《さま》」

「ぐあああっ⁉」

立ち上がろうとしたヴァンパイアの男へ、クーンの魔法銃《スペルキャスター》が容赦《ようしゃ》なく電撃《でんげき》を見舞《みま》う。ヴァンパイアの男はそのままパタリと地面に倒れた。あれ、僕なんにもしてない……。

「ボッ、ボスがやられたぞ⁉」

「に、逃《に》げろ！」

「逃がしません」

「逃がさないんだよー」

頭目がやられて逃げ惑《まど》う盗賊たちを、フレイとヒルダが次々と倒していく。

盗賊団全員が動けなくなるまでそんなに時間はかからなかった。

◇　◇　◇

「ブリュンヒルド公王。此度《こたび》のお力添《ちからぞ》え、誠《まこと》に感謝する」

「いえ、こちらこそ勝手な振《ふ》る舞《ま》いを致《いた》しまして申し訳ありません」

しばらくして魔人王が兵を率いてやってきた。魔人国ヘルガイアの国王である魔人王はヴァンパイアロードである。

ヴァンパイアロードとはその名の通り、ヴァンパイアの君主であり、千年以上を生きたヴァンパイアの上位種だ。盗賊団の首領もヴァンパイアだったらしいが格が違う。

「あやつはもともと我《わ》が国《くに》の貴族だったのだが、落ちぶれたものよ。まさか盗賊に身をやつしているとは」

兵士たちに連行されていく盗賊団のボスを見てため息をつく魔人王。ヴァンパイアだからヴァンパイアロードに逆らえないってわけじゃないんだな。

映画とか小説みたいに、こちらのヴァンパイアは血を吸った相手を隷属化《れいぞくか》する、なんて能力はないみたいだし。

「魔人族にもいろいろおってな。過去、人間に虐《しいた》げられた者も多い。そのため、人間との交流を望まぬ奴らもいる。攻《せ》め滅《ほろ》ぼせというやつもな。特に年老いた者たちに多い。あやつもその一人よ。人間を嫌《きら》うのは構わん。しかし人間憎しで、その矛先《ほこさき》を同胞《どうほう》に向けるのは許せん」

まあね。村の人たちにとっては、そんなの関係ないからね。『お前らのために人間と戦おうとしているんだ。だから金と食糧《しょくりょう》を寄越《よこ》せ』ってのは恐喝《きょうかつ》以外のなにものでもない。

「ヘルガイアの同盟入りはやはり難しいですか？」

「いや、イグレットとの交流もあり、同盟入りの方向でまとまってきておる。まだ何人かが難色を示しているが、じきに折れるだろう」

それは良かった。同盟入りしてもらえれば、なにかと助かる。一歩前進かな。

「ところでそちらの子は……奥方《おくがた》の御親戚《ごしんせき》で？」

魔人王がヒルダとフレイを見比べてそう口にした。まあ、似てるからね。普通《ふつう》は妹とか親戚だと思うよね。

「ま、まあ、そんなもんです」

詳《くわ》しく説明できないのでとりあえずそう答えておいた。

『違うんだよ、娘《むすめ》だよ』と反論しそうになるフレイの口をクーンが手で塞《ふさ》ぐ。ナイスだ。

ともかく盗賊団は全《すべ》て捕《と》らえて、ヘルガイアに引き渡《わた》した。報奨金《ほうしょうきん》が出るそうだが、それは襲われた村の復興に当てて下さいと辞退した。代わりと言ってはなんだが、盗賊たちの壊れたゴレムで使えそうなパーツなんかはもらったけどね。

いずれヘルガイアから同盟加入の知らせが来ることを楽しみに、僕らはブリュンヒルドへと帰還《きかん》した。

◇　◇　◇

「美味《おい》しいんだよ！　やっぱりルーお母様の料理は最高なんだよ！」

「あなたはいい子です！」

バビロンの『城壁』内の食堂で、お手製のオムライスを頬張《ほおば》るフレイの頭を、満面笑顔《えがお》のルーが撫《な》でる。美味《うま》そうに食うなあ。食べっぷりは八重に似てら。一緒に生活してるとどこかしら似たりもするのかね？

「むう……。ヒルダ殿が羨《うらや》ましいでござる……」

「八重はまだいいじゃない。娘がもうこっちの時代に来てるんだから。贅沢《ぜいたく》よ」

八重のボヤきにエルゼが口を尖《とが》らせる。これぱっかりはな。年長組ばかり出現するのは、順番になにか法則でもあるのかね？

「いや、来ていても会えなければあまり意味がないというか。心配ばかりが先に立って……」

「あれ？　八雲《やくも》お姉ちゃんまだ来てないの？」

オムライスをもぐもぐとさせながらフレイが尋《たず》ねる。

一応、来てはいるのだが、剣の修業《しゅぎょう》と称《しょう》して諸国を回っているらしいと僕が説明すると、フレイは大きなため息をついた。

「あー、お姉ちゃんらしいんだよ。でも一回こっちに来て挨拶《あいさつ》してから行けばいい話だよねえ。まったくしょうがないお姉ちゃんだよ。ルーお母様、おかわり！」

フレイは少し怒《おこ》りながらもオムライスを食べる手を止めず、あっさりと平らげて、さらにおかわりを所望《しょもう》した。僕らも同じオムライスを食べているが、スピードが段違《だんちが》いなんですけど。八重の子じゃないよね？

「そういえば、フレイはいくつなんです？」

「ん？　私は十一だよ。八雲お姉ちゃんと同じなんだよー」

フレイがリンゼの質問にナプキンで口を拭《ぬぐ》いながら答えた。

八雲と同い年なのか。てことは、数ヶ月だけ八雲の方が先に生まれたってこと？

複数の奥さんがいる以上、そういう可能性もあるとは思っていたけど……。

八重とヒルダが同じ年に出産か。大変そうだなあ……。

しばし未来に意識をトリップさせていた僕にユミナが話しかけてくる。

「ところで冬夜さん。フレイちゃんやクーンちゃんのこと、お城の人たちにはどう説明します？」

「ああ、それね。どうするかな……」

実はまだクーンたちのことは城のみんなにはきちんと紹介《しょうかい》していない。

クーンは城下町には足を運んではいたが、初日からほとんどをバビロンで過ごしていたし、フレイもまずはバビロンに連れてきた。

年齢的《ねんれいてき》に僕《ぼく》の妹とかで通すかとも思ったが……。

「バレますよね？」

「バレますなあ……」

ヒルダとフレイ、リーンとクーンを見て、間違《まちが》いなく血縁《けつえん》関係があるとわかる。どっちかというと、そっちの方の妹です、と言った方がもっともらしい。

だけどリーンはともかく、ヒルダはレスティアの元王女だからな。その妹と言ったところで、いつからレスティアの先王陛下に第二王女が？　となる。

最悪レスティア先王陛下に隠《かく》し子が!?　なんてスキャンダルになりかねんし。

「やっぱり【ミラージュ】を付与《ふよ》した魔道具《まどうぐ》でごまかすしかないか」

「そうですね。冬夜さんの『親戚』とでもしておけば、ある程度ハチャメチャでも納得《なっとく》してもらえるかと」

んん？　なんか引っかかるんですが、奥さん？　そのハチャメチャなの君らのお子様たちでもあるんですよ？

……まあいい。クーンは自分で【ミラージュ】を使えるからいいとして、フレイには祭りの時に使った変装用の星型バッジを渡しておく。

もちろん僕らには効果が出ないように設定しておいた。幻影《げんえい》をまとった見知らぬ少女のままで生活するのは寂《さび》しいしね。

ルーお手製のオムライスを堪能《たんのう》したフレイは、早速《さっそく》城にある騎士団《きしだん》の訓練場へ行きたいと言い出した。

ここらへんはやっぱりヒルダの教育が行き届いているって感じだな。

バッジをつけたフレイを連れて地上に降りると、訓練場では相変わらずウチの騎士たちが訓練に明け暮れていた。もちろん指導をしているのは剣神・諸刃姉さんだ。

「おろ？　兄上でござる」

「え？」

ヒルダたちについてきた八重がそんな声を漏《も》らした。見ると騎士団のメンツに交じって、八重の兄である重太郎《じゅうたろう》さんが木刀を持ち、諸刃姉さんと打ち合っている。

八重の兄である重太郎さんは、現在、剣の修業のため、婚約者《こんやくしゃ》の綾音《あやね》さんとブリュンヒルドに滞在《たいざい》している。ああしてほぼ毎日、諸刃姉さんから指導を受けているとか。

なんというか、重太郎さんを見てると八雲が修業から戻ってこないのも納得してしまう……。剣術バカは九重《ここのえ》家の血だよなあ……。あ、倒《たお》された。

「やあ、みんなお揃《そろ》いで。うん？　その子は……もしかして君はヒルダのところのフレイかな？　こっちに来たんだね」

偽装《ぎそう》用のバッジをしているのに、あっさりとその正体を見抜《みぬ》く諸刃姉さん。やはり神族にはきかないか。

「えへへ。来たんだよ、諸刃お姉ちゃん」

「諸刃お姉ちゃん？」

フレイの言葉に僕はちょっと引っかかった。お姉ちゃんってのは？　立ち位置からすると、『諸刃伯母《おば》さん』になるはずだが。

「んーとね、花恋《かれん》お姉ちゃんが私たちに、絶対に『おばちゃん』って呼んじゃダメって。だから諸刃お姉ちゃんのことも諸刃お姉ちゃんって呼ぶんだよー」

花恋姉さんのせいかよ。変なところにこだわるな……。二人とも神族なんだからこれ以上老《ふ》けたりはしないし、別に……いや、老けないからこそ『おばさん』って呼ばれるのが恐怖《きょうふ》なのかもしれんな。実際に『伯母さん』なんだけど。

「私も訓練に参加させてほしいんだよ！　お母様と試合したいんだよ！　お父様、いいでしょう⁉」

目をキラキラさせてこちらへと視線を向けてくるフレイ。いや、それっていいのかなぁ……。ヒルダにちらっと視線を向けると、彼女《かのじょ》も小さく頷《うなず》いている。

エンデのところのアリスといい、この子といい、なんでそう親と戦いたがるかな……。

「木剣《ぼっけん》による訓練だから【ストレージ】を使っての武器換装《かんそう》はできないよ？」

「それなら大丈夫。ちゃんと試合用の武器もたくさんあるんだよ。ほら！」

フレイが腕《うで》を一振りすると、その手には穂先《ほさき》がゴム状のものでできた大きな槍が出てきた。なるほど。こういった訓練用の武器を使って、あの戦闘スタイルを練習しているわけか。

「なら大丈夫かな……。あ、でも危ないことはするなよ？」

「大丈夫だよー。よーし、やるんだよー」

間延びした声を出し、訓練場の柵《さく》をひょいと跳《と》び越《こ》えて、フレイが諸刃姉さんの下へと向かう。

ヒルダも騎士の一人から木剣を受け取り、同じように諸刃姉さんの方へ向かった。

倒れていた重太郎さんが立ち上がり、二人の試合の邪魔《じゃま》にならないようこちらへと向かってくる。あれ？　フレイになにか言われてるな。

重太郎さんは首を捻《ひね》りながら僕と八重のそばに歩いて来た。

「どうしたんですか？」

「いや……。あの子、どこかで会ったことありましたかね……？『見ててね、重太郎おじちゃん！』と名指しで言われたもので」

思い出そうとしてるのか、再び首を捻る重太郎さん。

ああ、そっか。ヒルダと同じ母である八重の兄ということは、重太郎さんもフレイにとっては一応『重太郎伯父《おじ》さん』になるのか。

「おじちゃん……。おじちゃん……。まだ私、二十三歳《さい》なんですけど……。そんなに老けて見えますかね……？」

おじちゃん呼ばわりがショックだったのか、重太郎さんがなんかへコんでいる。気持ちはわかります。

「こ、細かいことは気にしない方がいいでござるよ、兄上。禿《は》げるでござる」

「はっ、禿げる⁉　いや、まだ禿げてはおらんぞ⁉」

八重のツッコミで僕らはなんとかその話を有耶無耶《うやむや》にする。ハゲても大丈夫です、重太郎さん。いい毛生え薬がバビロンにあります。

そんなふざけた会話をしているうちに、母娘の試合が始まった。

◇　◇　◇

「あー！　負けたんだよー！」

息荒《あら》く、訓練場で大の字になって寝転《ねころ》んだフレイが声を張り上げる。その喉元《のどもと》にはヒルダの木剣が突きつけられていた。

「まだヒルダ殿《どの》の方が上でござるな」

ちょっとばかりホッとした八重がそう呟《つぶや》いた。まあね、親としては負けられないよね。

というか、世界神様からもらった結婚指輪の力もあるから、君ら従属神に近い実力を持ってるんですけども。神族以外には負けないでしょ……。

「しかしまあ……。よくもこんなに持ってたもんだ」

僕は訓練場に転がるフレイの訓練用だと思われる武器の山を見て、少々呆れてしまった。木剣、木刀、たんぽ槍、果ては大木槌《おおきづち》まで、出しも出したり、百近くはあるだろう。武《む》蔵坊弁慶《さしぼうべんけい》かよ。

フレイの【ストレージ】の使い方は、【アポーツ】による引き寄せを利用している。

フレイのガントレットの掌《てのひら》と武器の握《にぎ》り部分にある小さな水晶体《すいしょうたい》。これらに神気を含《ふく》めた【アポーツ】が付与されており、魔力《まりょく》を通すとお互《たが》いがお互いを一瞬だけ磁石のように引き寄せ合うようになっている。これにより、魔《ま》法名《ほうめい》による詠唱《えいしょう》も必要なく瞬時《しゅんじ》にしてフレイは武器を【ストレージ】の中から呼び寄せているわけだが、こうも数が多いとは。

【ストレージ】はその名の通り、倉庫のようなもので、きちんと整理してあれば思ったものを取り出しやすいが、ごっちゃにしているとたまに違《ちが》うものを取り出してしまうこともある。

うん、僕も慌《あわ》てるとたまに間違える……。そのうち整理しようとは思っているのだが……ま、まあ、僕のことはどうでもよろしい。

フレイの場合、どの武器がどこに入っているか頭の中できちんと整理してあるのだろう。番号でも振っているのかね？　それとも種類別か？

いったいどれだけの武器が入っているのやら。この子はそれを状況《じょうきょう》に応じて、適した武器を正確に取り出しているのだ。これはすごいことである。

フレイは次から次へといろんな武器を取り出してヒルダに挑《いど》んだが、ヒルダはそれを一つずつ丁寧《ていねい》に捌《さば》いていった。

見たところ、フレイは全ての武器を一応使いこなしてはいるが、熟練度はそれほどでもないように思える。戦闘スタイルがああいったものなのだから、仕方ないのかもしれないけど。

特化型ではないが、万能型ではあるな。様々な状況に応じて臨機応変に戦えるのも『強さ』の一つだと思う。

「やっぱりお母様は強いんだよー」

「フレイも強いですよ。胸を張りなさい。さすが私《わたくし》の娘です」

「えへへ。それほどでもあるんだよ！」

ヒルダが手を取ってフレイを立ち上がらせると、そのままフレイが抱《だ》きついた。ふむ、だいぶ打ち解けたらしいな。

「こ、公王陛下……。あの子は何者なんですか？」

「あーっと、僕の親戚？　みたいなものです」

「陛下の親戚……。なるほど、どうりで……」

フレイの実力に慄《おのの》いていた重太郎さんが、なんかあっさりと納得してしまった。むう。深く考えるのはやめよう。禿げる。

「なかなかやるね。戦い方も面白《おもしろ》い。いったいどれくらいの武器を持っているんだい？」

「お父様が造ってくれた武器の他《ほか》にもたくさんあるよー。ダンジョンや遺跡《いせき》に行っていっぱい手に入れたから。戦うには向かないやつとか大事なのは私の部屋に飾《かざ》ってあるんだよ」

諸刃姉さんの質問にそう答えるフレイ。武器でいっぱい飾られた部屋とか……。年頃《としごろ》の娘の部屋としてはどうなんだ、ソレ……。

たぶん戦いには向かない武器ってのは、装飾《そうしょく》が煌《きら》びやかに施《ほどこ》された儀礼用《ぎれいよう》の剣とか、耐《たい》久性《きゅうせい》の低い武器なんだろうな。
「そうだ！　お父様、お父様！　私、行きたいところがあるんだよ！」
叫《さけ》びながらフレイがこっちに来る。重太郎さんが「お父様？」と訝《いぶか》しげな顔をしている
けど、この際スルーしよう。
行きたいところ？　クーンの時はバビロンだったけど、どっかの武器屋とかか？　あ、
ドワーフたちの鍛治工房《かじこうぼう》とかかな？

◇　◇　◇

「すごいんだよ！　雷撃《らいげき》を放つハンマーなんだよ！　デザインもカッコいいんだよー！」

「おう！　わかるか!?　そなたなかなか見どころがあるな！」

部屋に飾られている武器を眺《なが》めながら、目をキラキラさせている、少女とマッチョ男。

誰《だれ》あろう、未来から来たばかりのウチの娘と魔法王国フェルゼンの国王陛下だ。

フレイが連れて行って欲《ほ》しいとせがんだのは、ここ、フェルゼン国王陛下の武器のコレ

クションルームだった。

　ここには古今東西、様々な偉人《いじん》、英雄《えいゆう》、義賊《ぎぞく》などが所有していた武器が所狭《ところせま》しと展示されている。

　まさかこんなところに行きたいと希望されるとは……。

「こ、これって暴君ラストリーが使ってたって言われる魔剣《まけん》ブラッディス⁉　あっ、この傷ってひょっとして⁉」

「くうっ、その傷に気付くとは！　そうだ！　その傷はかつて賢帝《けんてい》ファルスが持っていたこの聖剣《せいけん》ファルシアスによってできたもの！　どうだ、すごいだろう！」

「すごいんだよ！　魔剣と聖剣が揃っているんだよ！　感動なんだよー！」

　なんかものすごく意気投合してますけど……。小さな女の子とマッチョ親父《おやじ》が興奮して武器のことを語り合っている図ってのは、なかなかシュールな気が。

「なにか教育を間違えたのでしょうか……？」

「いやまあ……。趣味《しゅみ》の一つくらいないと人生つまんないと思うし、いいんじゃない？」

　とても複雑な顔でフレイを眺めるヒルダに、僕は慰《なぐさ》めにもならない言葉を送る。

　まあ確かに娘が武器マニアってのもどうなのかとも思うけども。

「あの人とこんなに話の合う子は初めてです。あんなにはしゃいでしまって」

フェルゼン国王陛下の婚約者であるエリシアさんが楽しそうに笑う。

エリシアさんはレグルス帝国《ていこく》の第二王女。ルーの二番目のお姉さんだ。

二人は結婚式《けっこんしき》を数ヶ月後に控《ひか》えている。僕たちの結婚式を参考にして、今はいろいろと準備に忙《いそが》しいらしい。

そういえば、『ファッションキングザナック』のザナックさんのところに、フェルゼン王国からウェディングドレスの注文があったって言ってたな。

僕らの結婚式でみんなが着たウェディングドレスが巷《ちまた》で評判となったらしい。そしてそれがザナックさんのところで制作されたものとわかると、貴族という貴族から注文が殺到《さっとう》したとか。

これにザナックさんはすぐウェディングドレス部門を立ち上げて、今は大忙《おおいそが》しだそうだ。

商売繁盛《はんじょう》で何より。

「陛下のご親戚であるとか？　であれば、私《わたくし》たちにとっても遠い親戚ですね」

「はは……。まあ、そういうことになりますかね……」

僕はエリシアさんの言葉に引きつった笑いを返すのが精いっぱいだった。

ルーと姉妹である以上、エリシアさんは僕の義姉《ぎし》ということになる。つまり遠い親戚どころかフレイにとっては血の繋《つな》がらない伯母《おば》に当たるのだ。

ここらへん複雑だよなあ……。フレイ自身、血の繋がった伯父《おじ》に現レスティア国王陛下がいるしな。

「ところで、公王陛下。新世界……西方大陸のゴレムなんですけれども、こちらで製造はできないのでしょうか？」

「ゴレムをですか？　能力のない工場《ファクトリー》製のものならばできないことはないと思うんですけれど、動力となるGキューブ、頭脳となるQクリスタルだけはまだ無理でしょうね。あれを作るには熟練した技術と、稀少《きしょう》な金属などが必要になりますし」

特にQクリスタルは難しい。言ってみればあれはゴレムの行動プログラムの塊《かたまり》だ。博士の話によると、基本ベースになる行動理念などがまず刻印魔法により刻み込まれ、そこからタイプ別に枝分かれしていくんだそうだ。これがゴレムの性格、簡単に言うと個性に繋がる。

そしてそれは各国の工場《ファクトリー》において財産とも言えるものだから、そうそう簡単には公開されない。まあ、ウチにはそれさえも造ってしまったエルカ技師がいるのであるが。

「そうですか……。残念です……」

あらら、エリシアお義姉様《ねえ》がしょぼんと落ち込んでしまったぞ？

あ、そういえば、このお義姉様って、魔法工学を学びにフェルゼンへ留学しに来たんだっけか。その期間中にフェルゼン国王に見初《みそ》められたんだけど。

もともと魔道具《アーティファクト》とかそっちに興味のある人なんだった。

「あ、でもゴレムのパーツならありますよ。確かGキューブやQクリスタルもあったと思いますけど……」

「ほ、本当ですか⁉　見せて下さい！」

落ち込んでいたエリシアさんが、うって変わったように瞳《ひとみ》をキラキラさせながら僕に迫ってきた。近い近い。近いです、お義姉様。

さすがにここのコレクションルームには出せないので、フェルゼン城の中庭へと移動する。

ひらけた場所で、僕は先日倒したヘルガイアの盗賊《とうぞく》どもが持っていたゴレムの残骸《ざんがい》を【ストレージ】から取り出した。

「まあああああ！　これがゴレムのパーツですか？」

「はい、そうです。えっと……これ。この胸部に納まっている立方体のものがGキューブ。そしてこっちの……頭の中にある溝《みぞ》が彫《ほ》られた水晶体がQクリスタルです」

僕は残骸のパーツをこじ開けて、GキューブやQクリスタルを指し示す。エリシアさんは興味深そうに周りの構造を調べていた。

「魔力回路がここからこう来て……。なるほど。あら？　でもこっちのエーテルラインと干渉《かんしょう》すると、ここは動かなくなるんじゃ……」

ブツブツと呟きながらエリシアさんがゴレムのパーツをなにか確認《かくにん》していた。なんか目付きが違うんですけど……。

「エリシアは優秀《ゆうしゅう》な魔工師だからな。ウチで造られた魔導列車も、エリシアが関《かか》わっている。今のエリシアは間違いなくフェルゼンでも五指に入る技術者だぞ？」

「うえっ⁉　マジですか……！」

若干《じゃっかん》引いていた僕にフェルゼン国王が説明してくれた。そこまでのレベルなのか。ちょっと驚いた。

さすがにバビロン博士やエルカ技師には及《およ》ばないだろうが、それでも凄《すご》い。フェルゼン王国としてはまさに王妃《おうひ》として相応《ふさわ》しい、かけがえのない人材を手に入れたってわけだ。

「クーンちゃんと会話が弾《はず》みそうだねー」

確かに。フレイの言う通り、技術畑の人ならクーンとは馬が合いそうだ。

「あのっ、公王陛下！　このゴレムのGキューブとQクリスタル……いえ、この全てのパーツをお譲《ゆず》りしてはもらえないでしょうか！」

「え？」

鬼気迫る《ききせま》迫力《はくりょく》でエリシアさんがそう申し入れてくる。

うーん、世界の融合《ゆうごう》以降、リーフリース王国とパナシェス王国が地続きになってしまったため、ゴレム技術などは元裏世界から元表世界へと流出が始まっている。

リーフリース、ベルファスト、リーニエ、パルーフなど、東方大陸の西部諸国はその恩《おん》恵《けい》を受けやすいが、フェルゼンのある東部諸国ではそれは難しい。エリシアさんがそう望むのもわからなくもない。

もともと盗賊どもからせしめたやつだし別にいいか。古代機体《レガシイ》ってわけじゃないしな。

僕がそんな風に少し考えていると、渋《しぶ》っているとでも思ったのか、フェルゼン国王も頼《たの》み込んできた。

「ブリュンヒルド公王、ワシからも頼む。金ならきちんと払《はら》うし、なんならワシのコレクションを数点譲っても……」

いや、それはいらんから。

と、思ったんだけど、その後ろでフレイがキラキラした目でこちらを見ている。え？　欲しいの？　う、うーん……。

「わかりました。じゃあ、その子になにかコレクションの一つを譲ってあげて下さい。代金はそれで」

「わーい！　やったんだよー！　お父様、大好きー！」

フレイが僕に抱きついてくる。これって甘《あま》いのかなぁ……？　ホントにエンデの親バカを笑えなくなってきた。

「「お父様？」」

「あ、気にしないで下さい」

ヒルダが苦笑いをしながら首を傾《かし》げた二人に手を振《ふ》る。

「そうと決まれば早速選ぶんだよ！」

「ちょっと待て！　選ぶのはワシだからな⁉　絶対に譲れないものもあるのだ！」

再びコレクションルームへ向けて走り出したフレイを慌ててフェルゼン国王が追いかけていく。仲良いなぁ。

「うふふ。これを解析《かいせき》すればフェルゼンでもゴレムができるかもしれません。楽しみですね！」

こちらはこちらでエリシアさんが取り外したGキューブとQクリスタルをニコニコした顔で眺めていた。これからのフェルゼン王家がちょっと不安になったのは秘密にしておこう。

◇　◇　◇

「フレイお姉ちゃん、久しぶりー。元気だったー？」

「元気だよー。アリスも元気そうでよかったんだよー」

喫茶《きっさ》『パレント』で、再会したアリスとフレイがお互いにハイタッチを決める。

同席していたクーンはそれには加わらず、テーブルクロスの下を覗《のぞ》き込んでいた。

「なにしてるの？　クーンちゃん？」

「いえ、ちょっと」

「さすがに王妃様たちももうしないんじゃないかなあ」

クーンの行動の理由を知っているアリスはそう口にした。クーンの方もそれはわかっている。念のため、というところだ。

なにもなかったことを確認し、クーンは椅子《いす》に座《すわ》り直すと、テーブルにあった紅茶を口に含んだ。

しかしその視線はテーブルに置かれている反り身の黒い短剣《たんけん》に向けられている。

「……で、フレイお姉様？　その物騒《ぶっそう》なモノはなんですの？」

「よくぞ聞いてくれたんだよ！　これは絶影剣《ぜつえいけん》『シャドウエッジ』っていって、二百年前、レグルス帝国にいた義賊メディウスが使っていた魔剣なんだよ！」

「また変な武器を……」

テンション高く説明をしだした姉をクーンは冷めた目で見やる。この姉は変わった武器や防具に目がない。ダンジョン島で呪《のろ》われた武器を拾ってきたのも一度や二度ではなかった。

普段《ふだん》は明るく正義感の強い姉であるが、変わった武器防具のこととなると途端《とたん》にポンコツになる。

クーンも魔道具のことになると同じようになるので、あまり人のことは言えない。こういうところは似たもの姉妹であった。

「柄《つか》も刀身も真っ黒だねー？　変な魔力を感じるけど、なんか変わった能力でもあるの？」

「その通り！　このシャドウエッジには珍《めずら》しい特性があるんだよ！　見てて！」

アリスにそう答えると、フレイは躊躇《ためら》いなくその漆黒《しっこく》のナイフをテーブルに突《つ》き立てた。

さすがに店のテーブルである。これは他の二人も慌てた。出禁になったらどうするのか。

『パレント』のスイーツが食べられなくなるのは困る。

しかしテーブルの突き立てた所とは違う場所から、漆黒の刃先《はさき》がにょっきりと飛び出していた。その間に跨《また》がるのはフレイのかざした左手の影《かげ》。

左手の影の肘《ひじ》部分に突き刺したナイフが、影の指の先端《せんたん》部分から飛び出している。

「これは……転移魔法？」

「そうなんだよ！　シャドウエッジは同じ影の中にならどこにでもその刃先を届かせることができるんだよ。射程距離《きょり》とか自分で視認《しにん》できないとダメとか細かい条件はあるんだけど」

クーンはすぐにその剣《けん》の恐《おそ》ろしさに気がついた。影の中を貫《つらぬ》いてくる剣。その能力を知らなければ確実に不意打ちができる。

対面する相手の影に繋《つな》がる影があれば、そこから足下《あしもと》を攻撃《こうげき》することだってできるだろう。暗殺に適した恐ろしい武器である。

「八雲お姉様も似たような技を使いますけれども……」

「あれズルイよねえ。【ゲート】で刃先だけ転移させるやつ。八雲お姉ちゃんも『なんでもあり』の時じゃないと使わないいけどさ」

アリスが嫌《いや》そうな顔を二人に向ける。向けられた二人の姉である八雲は、基本的に真面《まじ》目《め》で正々堂々をモットーとするので、そういった不意打ちに近い技はあまり好まない。

しかし、好まないからといって使わないわけではない。いざという時には躊躇いなく使うように、父母共に言われている。

正々堂々は結構だが、守る順番を間違えるな、とも。

必ず守らなければならないものより、自分の小さなプライドを先にするな、ということだ。

それはフレイも同じで、騎士道《きしどう》精神において、卑怯《ひきょう》とも言われる戦法も時と場合によっては行使する。ブリュンヒルドの騎士道とは自分の誇《ほこ》りを守るためのものではないのだ。

八雲の話題が出たことで、アリスが「あ」となにかを思い出したようにクーンへと視線を向けた。

「そういえばクーンお姉ちゃん。こないだ電話でボクたちがこっちに来る順番がどうとか言ってたけど、あれってどういうこと?」

「ああ、あれね。あくまで仮説なんだけれども。私たちが次元震《じげんしん》に襲《おそ》われたときのことを覚えてる?」

「覚えてるんだよ。確かあの時はアレの『核《コア》』が暴走して――――」

フレイが思い出すように視線を宙へと向ける。あの『時が止まった瞬間《しゅんかん》』を忘れはしない。

「その時の私たちの位置を思い出して。あの時、八雲お姉様はどこにいた？」

「ええっと、確かボクと一緒《いっしょ》にいたよ？」

クーンの質問にアリスが答える。

「正確に思い出して。どっちが前にいた？」

「ええ？　どっちがって言われても……。ううーん……あ、八雲お姉ちゃんの方が前かな？

あの瞬間、前に飛び出そうとしてたから……」

「じゃあ、八雲お姉様の前には？」

「その前にはクーンお姉ちゃんとフレイお姉ちゃんがいたじゃん。忘れたの？」

「あっ！　ひょっとして……！」

フレイが気がついたのか、大きな声を上げる。それに対して彼女の妹は、こくりと小さく頷いた。

「そう。『核《コア》』からの距離が最も遠かったアリスが最初に過去《こちら》の世界へとやってきた。そして八雲お姉様、私、フレイお姉様」

「……？　あっ、わかった！　次元震が発生した『核《コア》』から遠い順にこっちに来てるんだ！」

アリスもやっと正解にたどり着き、同じように声を上げる。

「あくまで仮説だから、正しいかどうかはわからないけどね」

「ということは、次にこっちに現れるのって……」

　フレイはあの時、自分の手前にいた二人のことを思い出していた。

　あの二人はほとんど同じ場所にいた。というか、くっついていた気がする。あの二人は姉妹の中でも特に仲がいい。お互いの母親たちが姉妹なのだから当然といえば当然なのだが。

　クーンも同じく思い出していた。自分たちの前にいた、エルナとリンネという二人の妹を。

第三章　双子の母とその娘たち

「えいっ！」

「ぐっ⁉」

「そこまで」

フレイの手にした木剣が若い女性騎士《きし》の脇腹《わきばら》にピタリと当てられる。それに伴《ともな》い、審判《しんぱん》であるヒルダが二人の模擬《もぎ》戦を終わらせた。

「あー、勝てなかったかー」

「フレイちゃん、すごいなぁ。あんな小さいのに」

「さすがは陛下のご親戚《しんせき》ってことかしらねぇ……」

同僚《どうりょう》を応援《おうえん》していた他の女性騎士たちから、ため息が漏れる。ああ見えてフレイは金ランクの冒険者《ぼうけんしゃ》（未来において、だが）だ。そこらの騎士に簡単に負けるわけはない。

「えへへ。勝ったんだよ。でもお姉さん、右足の動きが途中《とちゅう》から変だったんだよ。捻《ひね》っちやった？」

「えっ？　あ、うん。さっき下段斬《げだんぎ》りをしかけたときに……」

対戦相手の女性騎士が右足を少し上げて、痛みを確認するように軽く動かしている。

「おとうさ……あやや、へ、へいかー！　治してあげてー！」

「あいよー」

女性騎士へ向けて【キュアヒール】を放つと、恐縮《きょうしゅく》したように、女性騎士がぺこぺことお辞儀《じぎ》をしていた。

まあ、なにげに国王を雑に使ってるからな。そりゃ、気まずいわ。使ってる方も実は王女なんだけどね。

試合が終わると、あっという間にフレイは女性騎士たちに取り囲まれる。ここ数日で、フレイは騎士団、特に女性騎士たちのマスコットみたいになってしまった。

バビロンに籠《こも》りがちのクーンとは違い、フレイは他の人たちとコミュニケーションをとるのが好きなようだ。おまけに人懐《ひとなつ》こいから可愛《かわい》がられる。

「冬夜様《とうや》、お顔がニヤニヤしていますわ」

「おっと、いかん」

ヒルダに注意されて表情を引き締《し》める。

いや、自分の娘が人気者ってなんだか嬉《うれ》しい感じがしてさ。

ふと僕を注意したヒルダを見ると、一生懸命《いっしょうけんめい》にニヤケそうになる顔をこらえているようだった。人のこと言えないだろ……。揃って親バカかよ。これって似た者夫婦《ふうふ》って言うのかねえ……。

複雑な気持ちを感じていると、懐《ふところ》に入れてあったスマホが着信を知らせる。誰だ？　……う。これは出るべきか出ざるべきか……。表示された着信名を見て少し躊躇ったが、出ないわけにもいかず、僕は応答ボタンを押《お》した。

「はい、もしもし……」

『やあ、お元気そうでなによりだ、ブリュンヒルド公王陛下！』

「そっちも無駄《むだ》に元気そうだな……」

馬鹿《ばか》みたいにテンションの高い声に、いささかゲンナリしながら電話を少し耳から離《はな》す。声がでかいんだよ。

かけてきたのはパナシェス王国のロベール王子。通称《つうしょう》、カボチャパンツの王子様だ。青の王冠《おうかん》、『ディストーション・ブラウ』のマスターでもある。

こいつとは何度か会っているが、とにかくテンションが高くオーバーアクションで、一緒にいると精神的に疲《つか》れる。電話でもそのパワーは衰《おとろ》え知らずだ。他の王冠のマスターたちからウザがられているのもわかる気がする。

「で、なんの用だ？」

『ああ、うむ。実は公王陛下に会っていただきたい方がいてね。レア王国の国王陛下だ』

「レア王国？」

レア王国ってーと……。確か西方大陸の北に浮《う》かぶ国。かつて結界隔離《かくり》されていた元表世界のパレリウス王国と左右対称《たいしよう》の島国だな。パナシェス王国からは海を挟《はさ》んで北西にある。

「レア王国の国王に会えと？」

『そう。「聖樹」のことでちょっとね』

聖樹。それは邪神《じやしん》によって振り撒《ま》かれた『神魔毒《しんまどく》』を浄化《じようか》するために、僕《ぼく》が魔工国アイゼンガルドの中心に植えた、浄化能力を持つ大樹だ。

聖樹のことでレア王国が話ってなんだろう？

まあ、会うのは構わないので、とりあえず日時を決めて了承《りようしよう》しておく。

確かレア王国は、エルフの王が治める緑豊かな王国だったたな。こっちの大樹海域みたいなところだろうか。

特に悪い評判は聞かないので、会っても大丈夫《だいじようぶ》だとは思う。レア王国は南西にあるレファン王国と、南東にあるパナシェス王国としか国交を開いていないらしいが。真南の氷国ザードニアはついこのあいだまで隣国《りんごく》の炎国《えんこく》ダウバーンと一触即発《いっしょくそくはつ》の状態だったしな。

聖樹を植えたのは僕と広く知られているから、国交のあるパナシェスを通じて話が来たんだろうが……。

なんにしろ行ってみればわかるか。

◇　◇　◇

レア王国には僕の他に、ユミナとリーンがついてくることになった。ユミナは外交的に色々と助けてもらえるし、リーンは多種族との交渉《こうしょう》には手慣れている。もともとミスミドの外交大使でもあるしな。

それはまあ、いいんだけど……。

「レア王国は多くの遺跡が眠《ねむ》る国で、かつての大戦で使われた古代機体《レガシィ》がいくつも発掘《はっくつ》されている国ですわ。お父様ならひょっとしてまだ見ぬゴレムや特殊《とくしゅ》なパーツを見つけることができるかもしれませんわね」

「クーン、貴女《あなた》ね……。遊びに行くわけじゃないのよ？」

「わかってますわ、お母様。外交の『ついでに』見つけられたらいいな、と」

呆《あき》れた口調を滲《にじ》ませて咎《とが》めるリーンに、クーンが悪戯《いたずら》っぽく笑う。

レア王国に行くと言ったら、クーンも同行を懇願《こんがん》してきた。なんでもレア王国の国王陛下には会ったことがあるらしい。もちろん未来での話だが。

「準備はいいかい？　じゃあブラウ、開いてくれ」

ロベールがそう言うと、傍《そば》にいた青いゴレムが翳《かざ》した手をくるりと回した。

ぐにゅんと周りの風景が歪《ゆが》んだかと思うと、すぐにその歪みがゆっくりと戻《もど》り始める。

青の王冠、『ディストーション・ブラウ』の能力、【空間歪曲《わいきょく》】だ。

完全に歪みが戻ったそこには緑の世界が広がっていた。

ここがレア王国の王都、ファーンか。王都なだけあって、様々な建物が立ち並び、都会の様相を見せているが、とにかく至る所に緑が多い。まるで森の中に都が広がっているようだ。人々が行き交《か》う通りは活気に満ちていて、笑顔《えがお》が溢《あふ》れている。

「やはりエルフが多いですね」

通りを歩く人々を見て、ユミナがそんな感想を漏《も》らす。

確かに多いな。エルフだけじゃなく、もちろん人間や獣人《じゅうじん》、こちらではドラゴニュートと呼ばれる竜人族《りゅうじんぞく》もいるがやはりエルフが多く見える。パッと見た感じ、割合的には7：3といったところか？

「数百年前から他の種族も移り住んだりしてるらしいですけど、もともとレア王国はエルフたちの国ですから。基本的に国の重要職にもエルフが就《つ》いていますし」

クーンの説明を聞いて、なるほどと納得《なっとく》した。エルフは森の民。この緑豊かな王都の様相もその意向が汲《く》まれているのだろう。

まっすぐ伸《の》びた通りの先には森をバックに聳《そび》え立つ王城が見える。あれがエルフ王の城か。そのさらに後ろには同じくらい大きな巨木《きょぼく》が立っている。でかいなあ。

「では諸君！　王城へ向かうとしようか！　レア国王陛下が僕らをお待ちに……」

そろそろかな、と思っていたタイミングで、ロベール王子がバターンッ！　とぶっ倒《たお》れ、イビキをかき始める。

強制的な睡眠《すいみん》。それが青の王冠の能力を使う代償《だいしょう》だ。ブリュンヒルドからレア王国まではけっこうな距離があるからなあ。しばらく寝《ね》続けるだろ、これ。

ロベールから【リコール】でレア王国の記憶《きおく》をもらい、僕が【ゲート】を繫げてもよかったんだが、クーンが一度ブラウの【空間歪曲】を見たいとせがんだのだ。

ロベールの方も乗せられて、自分から【空間歪曲】でレア王国へ連れて行くと言い出し

た。まあ、パナシェス王国の騎士たちも一緒だったので、眠っても世話しなくていいかと思い、放っておいたけど。

倒れたロベールをパナシェスの騎士たちが手慣れた様子で背負い、一緒にレア王国の王城へ向かおうとしたとき、一台のゴレム馬車が僕らの前にやってきてゆっくりと停車した。

「パナシェスのロベール殿下《でんか》とブリュンヒルド公王陛下ですね。王宮よりお迎《むか》えに参りました」

馬ではなく履帯のついたゴレムに引かせたマイクロバスのような馬車から、一人のエルフの男性が降りてくる。長い金髪《きんぱつ》を後ろで縛《しば》った二十歳《はたち》前半の青年だ。白い手袋《てぶくろ》と黒い執《しつ》事《じ》服を着ているが、王家の家令かな。若過ぎる気もするけど、エルフだと関係ないし。

そんなことを考えていると、後ろにいたクーンにくいくいと袖《そで》を引かれた。ん？　どしたん？

「お父様。あれがレア王国のエルフ王です」

「え⁉」

クーンに言われて馬車から降りてきたエルフの青年に視線を戻す。え、この人が王様⁉　じゃあなんで執事服着てるの？

「たぶん、あとで正体をバラして驚《おど》かせたかったんじゃないかと。イタズラ好きの王様ですから」

「迷惑《めいわく》な王様ね」

クーンの言葉を共に聞いていたリーンが、ため息を小さくついて首を振った。

単なるイタズラなのかね。あるいは僕らのことをどういう人物か直《じか》に見極《みきわ》めようとしているのかもしれないな。

エルフたちは警戒心《けいかいしん》が強いから、なかなか本音を表に出さない人たちも多い。表面上は友好的に見えても、気を許してはいないってパターンもよくあるらしいし。ここは気が付いていないフリをするのがいいか？

「いかがなされましたか？」

「いえ。国王陛下直々にお出迎《でむか》えとは光栄ですわ。ですけど、執事姿でとはまた変わった趣向《しゅこう》ですわね。驚きました」

笑《え》みを浮かべて放ったリーンの言葉に、執事服の青年が目を見開いて驚いている。しまった。うちの嫁《よめ》さんも負《ま》けず劣《おと》らずイタズラ好きだった……。

しばらく驚いた顔を見せていたエルフの青年だったが、小さく笑い出し、軽く両手を挙げた。

「これはこれは……。せっかくロベール殿下が眠りに落ちたタイミングでやってきたのに、どうやら無駄だったようだね。どうしてわかったのかな？」

「国王陛下の放つ、隠《かく》しようのない気品で……とでも申しておきましょう」

しれっとリーンが答えるが、嘘《うそ》ですよ。未来から来た娘に教えてもらいました。

「そのようなもの、放っているつもりはないのだがね。ま、とにかくようこそ、レア王国へ。レア王国国王、アーヴィン・レアウィンドだ」

「ブリュンヒルド公国第五王妃、望月《もちづき》リーンと申します。そしてこちらが……」

「ブリュンヒルド公国国王、望月冬夜です」

「ブリュンヒルド公国第一王妃、望月ユミナです」

僕と結婚《けっこん》したことにより、リーンたちも望月家に嫁入《よめい》りしたことになった。と、同時にブリュンヒルドの王妃でもあるので、ブリュンヒルドも家名である。

ここらへんはどちらを名乗っても名乗らなくてもいいらしい。国名が家名にない王家もけっこうあるしな。

なので、リーンの場合、望月リーンでもあり、リーン・ブリュンヒルドでもある。同じく、ユミナも望月ユミナでもあり、ユミナ・ブリュンヒルドでもあるわけだ。

まあ、僕は冬夜・ブリュンヒルドと名乗るつもりはないけれど。語呂《ごろ》悪いし。

「そちらの娘御は？」

「初めまして、レア国王陛下。公国王家に連なる一人、望月クーンと申します。森林王国と名高いレア王国を一度拝見したく、公王陛下に無理を言ってご同行させていただきました」

スカートの端《はし》を摘《つま》み、カーテシーで挨拶《あいさつ》をするクーン。なかなかさまになっている。って、王女なんだからそこらへんはさすがに教育しているか。

「それと陛下の持つ、緑の王冠『グラン・グリュン』を一目見ることができれば、と」

「ははは。余よりもグリュンの方か。おい、お嬢《じょう》さんがこう言っているが？」

エルフ王が声をかけると、馬車に繋がれた大型ゴレムの上半身、胸から顔にかけての部分がガコンと後ろへとスライドした。

そしてその中から小さな手が出てきたかと思うと、隣《となり》にいる青いゴレムとよく似た機体が僕らの前にその姿を現した。

今までの『王冠』と同じく、小さい三頭身のボディでカラーは緑系統でまとめられている。

今までの王冠と比べると、心なしか女性っぽい感じがする。後頭部から伸びる放熱板のようなパーツがポニーテールに見えなくもないし、ボディも丸みが多い。腰《こし》のパーツもスカートっぽく見える。

ゴレムに性別があるかどうかはともかく、載《の》せているQクリスタルによっては女性的な個性を持っている機体もいることは確かだ。エルカ技師の猫《ねこ》型ゴレム、『バステト』もそうだしな。

「司《つかさど》るは豊穣《ほうじょう》なる大地と母なる樹木。こいつが『グラン・グリュン』。二千年に渡《わた》りし我《わ》が相棒だ」

『ハジメマシテ。クラウンシリーズ、形式番号CS-06「グラン・グリュン」デス』

お、言語機能は高いようだ。おそらくこのゴレムも王冠である以上、なにかを代償とする能力を持っているんだろうな。エルフ王を見る限り、身体的な代償ではないと思うが……。

ふと横を見ると、目をキラキラさせながら緑の王冠を見ているクーンが視界に入った。

「未来で見たことなかったのか？」

「はい。基本的に世界会議には私たちは参加できませんし、レア国王陛下も、グリュンを連れてこなかったので。初めて見ましたけど、可愛いゴレムですわ！」

可愛い……？　まあ、そう見えなくもない、かな？

「ともかく乗ってくれたまえ。城へ案内しよう。グリュン頼んだぞ」

『了解《りょうかい》』

再びグリュンは大型ゴレムの中へと消えていった。ゴレムが操《あやつ》るゴレムって変な感じがするな。ああ、でもウチの獣型フレームギア、オーバーギアも同じようなもんか。

履帯によるゴレムが引く馬車は意外と速かった。石畳《いしだたみ》の上を傷付けることなく走るところをみると、ゴム製の履帯なんだろうか。馬車内もそれほど揺《ゆ》れない。サスペンション的なものがきちんと装備されているのだろう。

やがて到着《とうちゃく》したレア王国の王城はなんともファンタジックな城だった。巨大《きょだい》な大樹をバックにして、白い城壁《じょうへき》に木々が絡《から》みつき、蔦《つた》が茂《しげ》り、まさに緑の城と言わんばかりの雰囲《ふんい》気《き》を醸《かも》し出していた。

聞くとこの城は四千年前からあるのだそうだ。保護魔法《まほう》と同じような力が働いているのか、そこまで古いようには見えない。

城の中もいささか年代を感じる造りだが、古過ぎるという感じはしない。

馬車を降り、城の中を進むレア国王とグリュンについて歩いていた僕らだったが、どうも彼《かれ》らの目的地は城の中ではないような気がしてきた。このままずんずん進むと城を突き抜《ぬ》けるんじゃ……。

レア国王の表情にニヤついた笑みが浮かんでいる。またなんか企《たくら》んでる？

やがて行き止まったところにあった大きな観音扉《かんのんとびら》を、その前で門番のように警備していた二人のエルフの騎士が力を込めて押し開いていく。

「わ……！」

「まあ……！」

「へえ……」
ギ、ギ、ギ、と開いた扉の先は、木漏《こも》れ日《び》が差し込む森の中だった。
僕らの正面には、来るときに城のバックに見えた大樹が見上げんばかりにそびえ立っている。

「霊樹《れいき》レアウィンドだ。エルフたちの母なる木、魂《たましい》の帰りし場所……だった霊樹だった？

この霊樹とやらには、大樹海の御神木《ごしんぼく》、大神樹のように精霊《せいれい》が宿っているわけではなさそうだ。というか、なんかおかしな感じがするな。生命力が感じられない。

「お気付きになられたか。そう、この霊樹はすでに寿命《じゅみょう》で息絶えている。樹木内に残された魔力《まりょく》のおかげて見た目だけはなんでもないように見えるが、あと数ヶ月もすれば枯《か》れ始めるだろう」

それでか。さすがに寿命が尽《つ》きた樹木では回復魔法でも生き返らない。おそらくこの霊樹とやらは何千年もの長い間ここにあって、レア王国を見守ってきたのだろう。その歴史を思うと感慨深《かんがいぶか》いものがある。

「レアウィンドはその役目を終えた。しかし霊樹は我《わ》が国《くに》の象徴《しょうちょう》。このままでは民の安寧《あんねい》が乱れる。我らは新たな霊樹を迎えねばならない」

「新たな霊樹？」

「うむ。その件でブリュンヒルド公王に会いたかったのだ。そなたが生み出したと言われるアイゼンガルドの『聖樹』。あれを我が国の新たな霊樹としたい」

「聖樹を？」

アイゼンガルドの聖樹。それは邪神との戦いのときにばら撒かれた『神魔毒』を浄化するために植えた聖なる樹だ。

といっても生み出したのは僕ではなく、農耕神である耕助叔父《こうすけおじ》なのだが。

しかしあの聖樹をこの国の新たな象徴にって、まさかアイゼンガルドからアレを引っこ抜いてこいってのか？

「ああ、いや、語弊《ごへい》があったな。なにもあのアイゼンガルドの聖樹を、と言うわけではない。あの樹と同じものが欲《ほ》しいということだ」

「ああ、そういう……」

うーん、もともとあれはいくつかの品種改良を経てできたものだから、同じ苗木《なえぎ》はあることはある。実際、僕の【ストレージ】の中に入ってる。

少々躊躇いがあるのは、一応『聖樹』は農耕神の造りしモノだということ。僕の勝手で譲っていいものかと。

「ちょっと待って下さいね。確認しますんで」

レア国王に断りを入れて、耕助叔父に電話をかける。耕助叔父が難色を示すようならレア国王には悪いけど諦《あきら》めてもらおう。

『別に構いませんよ。基本的に人化した状態で生み出したものですからアレは地上の物ですし、【神魔毒】や邪気《じゃき》、汚《よご》れた大気を浄化する以外、これといって特別な能力はないですから』

耕助叔父の返事はあっさりとしたものだった。軽いなァ……。まあ、本人がいいって言ってんだからいいか。

【ストレージ】から聖樹の苗木を取り出すと、レア国王がそれを一目見て、興奮したように手を伸ばそうとしている。震《ふる》えてる？

「こっ……これほどとは……！　かつての霊樹に勝る気高き気配……！　確かにこれは聖なる樹だ……！　まるで神が宿っているかのようだ……！」

言い過ぎじゃないかとも思うが、確かにキラキラして綺麗《きれい》だからね。わからんでもない。

この葉っぱから出てるキラキラは浄化された魔素だ。大気中の汚れた空気や魔素を取り込んでいるんだろうけど、アイゼンガルドのよりは少ないな。これは苗木だから少ないのか、レア王国の空気が汚れてないからなのかはわからんけど。

聖樹の苗木を僕が手渡《てわた》すと、それを恭《うやうや》しくレア国王が受け取った。

「感謝する。我が国はブリュンヒルド公国と友誼《ゆうぎ》を結び、共に栄えることを願うばかりである」

「いえ、こちらこそよろしくお願いします」

レア国王が差し出してきた手を僕はしっかりと握《にぎ》った。そして彼は振り返り、そびえ立つ巨木を見上げる。

「レアウィンドよ。長きに渡りこの国を見守り続けた母なる樹よ。安らかに眠れ……」

グリュンが霊樹に向けて手を翳《かざ》す。するとグリュンの掌《てのひら》から柔《やわ》らかな緑の波動が霊樹に向けて真《ま》っ直《す》ぐに放たれた。

「冬夜さん、霊樹が……！」

「うおっ……！」

ユミナに指し示されて霊樹を見上げると、青々と茂っていた霊樹が瞬《またた》く間《ま》にその色を失っていくところだった。

動画の早送りを見ているかのように、あっという間に霊樹は枯れ果てていく。それどころか枝や幹といった部分も粉々に砕《くだ》け始めていた。まるで塵《ちり》と化すように巨大な霊樹が消えていく。

ひょっとして、これってグリュンの王冠能力《クラウンスキル》なのか……!?

完全に塵と化したその霊樹があった跡地《あとち》に、レア国王が聖樹の苗木を手際《てぎわ》よく植えた。

「古き命を受け継《つ》ぎ、新たなる命よ、この地に目覚めよ。大地の祝福あれ！」

「えっ!?」

「うわっ!?」

レア国王が言葉を紡《つむ》ぐと同時に、植えたばかりの聖樹が見る見る間に育っていく。なんだこりゃあ……！

僕らが絶句している間にも、聖樹はぐんぐんと成長していく。これもグリュンの能力なのか……!?

「これが【植物支配】……。植物だけじゃなく、加工された木材でさえも操ることができる、緑の王冠、『グラン・グリュン』の王冠能力《クラウンスキル》……！」

驚きながらもクーンが説明してくれる。やっぱりか！　てことは、この能力って契約者《マスター》に大きな代償があるんじゃ……！

「ぐっ……！」

それに気付いた僕の耳に、レア国王の苦しそうな声が届く。すでに聖樹は元の霊樹の半分ほどまで成長していた。グリュンから放たれていた緑の波動はすでに止まっている。

レア国王はよろめいてその場に膝《ひざ》をつき、そのまま前のめりに倒れてしまった。

王冠能力の代償は命を奪《うば》うほどのものもある。まさか……！

「っ、大丈夫ですか⁉」

慌《あわ》てて駆《か》け寄った僕が彼を抱《だ》き起こすと、今までに聞いたことがないほど大きな『グゥウゥウゥ……』という腹の音が聞こえてきた。え？

目が虚《うつ》ろになったエルフ王が、掠《かす》れるような声でつぶやく。

「腹が、減った……」

え、代償って、それ……？

◇　◇　◇

「緑の王冠の代償は『飢《う》え』。極度の飢餓《きが》状態となり、下手をすれば死に至る。もっともそこまで能力を使う気は無いがね……」

グキュルギュルル……と腹の音を鳴り響《ひび》かせて虚ろな目をしたエルフ王がベッドの上でそう語る。

そんなに腹が減っているなら早く何か食べなさいよっ、と言いたくなるが、そうはいかないらしい。

寝たままのレア国王が運ばれてきた林檎《りんご》を一つ手に取ると、あっという間にそれは砂のように崩《くず》れ、塵と化してしまった。うええ⁉

「このように代償を払《はら》っている間、私は食べ物を口にできない……。今回の場合、ざっと見て二十日ほどか……」

「そんなに⁉」

「エルフはもともとあまり食べなくても生きていける種族だから、耐《た》えられないことはない。水だけは飲めるからそう簡単に死にはしないが、最初の空腹感はキツくてな……」

そういえば前に、赤の王冠の使い手であるニアが言っていたな。気をつけていれば紫《むらさき》の王冠以外は『代償』で死ぬことはないって。

まあその紫の王冠も僕の【クラッキング】により、もはや王冠能力《クラウンスキル》を持たないわけだけど。

しかし飢えさせた上に、触《ふ》れた食物を塵にしてしまう【代償】か。

昔、似たような話を何かで読んだな。神から触れるもの全《すべ》てを黄金にする力をもらった王が喜んでいたら、食べ物まで黄金になってしまって餓《が》死《し》しそうになるって話。

おそらくこの【代償】とは、僕の使う【呪《のろ》い】と同じようなものなのだろう。強制的に相手からなにかを奪う、そういった【呪い】だ。

しかも呪いとは違《ちが》って、なにかを望んだ上での代償なのだから、その解除は難しい。おそらく【リカバリー】でも無理だろうな。【クラッキング】でグリュンの能力を壊《こわ》してしまえば解除されるもしれないが、この王はそれを望んではいまい。

「心配はいらんよ。長年使ってきた能力だ。慣れている。ギリギリのラインは自分がよくわかっているし、耐えられぬほどの能力を使う気はないからね」

クーンの話によると緑の王冠の能力は植物操作らしいが、その範囲《はんい》はかなり広域に及《およ》ぶらしい。しかし範囲が広がれば能力の質は落ちるという、僕の【プリズン】と同じような弱点も持っていた。

生きている樹木だけではなく、加工された木工製品でさえも操れるらしい。その昔、レア王国に攻《せ》めてきた敵軍の大船団を、まとめて海の藻《も》屑《くず》にしたというのだからすごいな。

いや、船底に穴を空けてしまえば簡単なのか？

「なにも、あれを急に成長させることはなかったのでは？　放っておいても育つわけですし……」

「霊樹はこの国の象徴だ。国民の安寧のためには目に見えるそれが必要なのだよ。弱々しい苗木より、太く逞《たくま》しく育った霊樹の方が皆《みな》は安心するだろう？」

いやまあ……そう言われると確かにそうだけどさ。事実、この部屋の窓から聖樹が見えるけど、城の人たちが、喜んで祈《いの》ったりしているからな。

樹内を巡《めぐ》る魔素が枯れ、霊樹の生命がすでに尽きているのは国民みんなが知っていることだった。早く新しい霊樹を、と皆が望んでいた。この王様はそのために自分の身を犠牲《ぎせい》にしたのだ。なかなかできることではない。

だけどこれから二十日間も絶食ってキツいよなぁ……。慣れているとか言ってたけど、慣れたから楽ってもんでもないだろう。

「ブリュンヒルドの公王。此度《こたび》のこと、感謝してもしきれぬが……国としてなにかお礼をしたいと思う。このレアには数多くの遺跡《いせき》があってな。そこから出土、発見された古代の魔工機械が宝物殿《ほうもつでん》で眠っている。よければそれをいくつか差し上げたいと思うのだが……」

「いや、気にしないで下さい。もともとあれは、」

「お心遣《こころづか》い感謝いたします！　レア王国の秘宝、よろしければ公王陛下とともに拝見したく思いますわ！」

もともとあれは耕助叔父の功績だ。僕が遠慮《えんりょ》しようとしたら、それよりも早くクーンがババッと前に出てそう答えてしまった。

おい、娘さんや。気持ちはわからんでもないけど必死すぎんだろ。

「うむ……。では公王陛下たちを宝物殿へ案内せよ」

「はっ」

この国の宰相《さいしょう》だというエルフの青年（見た目は）に案内されて、僕らは宝物殿へと向かった。

この後レア国王は水をたくさん飲んでさっさと眠るらしい。なんでもその方が空腹を感じないですむからだとか。代償期間が過ぎたらルーの料理でも差し入れしよう。

パナシェスのロベールも転移の代償でまだ寝ているし、僕らだけ先にお宝もらってお暇《いとま》することにした。

世界同盟加入の話をしたかったが、王様があんな状態じゃな。また今度にするか。

「こちらでございます」

案内された場所はいくつもの鍵《かぎ》と警備ゴレムに厳重に守られた扉の前であった。宰相さんはそれを一つずつ解除していく。

扉が開かれるとそこには金銀財宝に混じって、いくつもの魔工機械が納められていた。ゴレムもある。おそらくは古代機体《レガシィ》なのだろう。よほど高いものでなければ、工場製《ファクトリー》のゴレムを宝物殿に入れておくわけがない。

ゴレムだけではなく、一部のパーツ、用途《ようと》がわからない機械など、一見するとガラクタのようにも見えてしまうが、クーンだけは目をキラキラさせて宝物殿の中へ飛び込んでいった。

振《ふ》り返り、顔を紅潮させて両拳《りょうこぶし》を小さく上下させている。なにこれ、かわええ。

「お、おとうさ、へ、陛下！　あの、その！」

「あー……。いいよ。好きなの選びな」

「ありがとうっ！　大好きっ！」

クーンが僕にぎゅーっとしがみついてくる。抱きしめ返そうと思ったら、すぐに離れて宝物殿の中へ行ってしまった。Ｏｈ……。

「デレデレし過ぎよ、ダーリン」

「そうです。仮にも一国の国王なのですから、もっと毅然《きぜん》と」

「ア、ハイ……」

両隣《りょうどなり》からリーンとユミナにグイグイと挟まれる。そんなにデレデレしてたかな……。でもしかたないでしょうよ、この場合は！


鼻歌を歌いながら、スキップでブリュンヒルド城の廊下《ろうか》を進むクーン。その両手には、レア王国の宝物殿から譲《ゆず》り受けた、バスケットボールほどの機械の塊《かたまり》を持っていた。

ちょっとしたエンジンのようにも見えるがよくわからない。金属ではあるはずなのだが、重さが軽過ぎる。僕も持たせてもらったが、まるでプラスチック製のような軽さだった。

「結局それってなんなの？」

「よくぞ聞いてくれました、お母様！　これはおそらく『精霊炉《せいれいろ》』なんです！」

「精霊炉？」

聞いたことないが……。クーン曰《いわ》く、ゴレムに搭載《とうさい》されているGキューブ。光から魔力を生み出し、増幅《ぞうふく》させる、ゴレムの動力源であり心臓部だ。そしてそのGキューブが組み込まれたものが、ゴレムの魔動機である。

精霊炉とはその魔動機の元になった機関らしい。

万物《ばんぶつ》には全て精霊が宿る。その精霊の力を借りて、魔力を増幅させる機関らしい。

西方大陸……元裏世界にも精霊は存在する。太古、裏世界の人たちは精霊の力を借りて、ゴレムを動かしていたってことか。

「ゴレムかどうかはわかりませんが。ゴレムが生まれたのはあちらの世界大戦中と聞きますし」

「ああ、こっちのフレイズ出現より前の時代のものなのか……」

それにしてはけっこうキレイなもんだが。五千年以上前のものとは思えん。保護魔法かな？

まあ、うちにあるフレームギアもそれぐらい昔のやつもあるけど。

「これを分析《ぶんせき》すれば、新しい発見が……！　くふふふふっ！」

「どうしよう、奥《おく》さん。娘《むすめ》がこわい……」

「どうしようもないわ、旦那《だんな》さん。そういう娘よ」

親として世間様に見せちゃいけないんじゃなかろうかと思うほど、邪悪《じゃあく》な含《ふく》み笑《わら》いをクーンが漏らしている。

「じゃ！　私はバビロンに行ってきますから！」

「晩ごはんまでには帰るのよ？」

「はーい！」

再びスキップを踏《ふ》みながら、クーンがバビロンへの転移室へと向かっていった。なんというか、趣味《しゅみ》のことになるとガラリと性格が変わるな、あの子は。

僕らが呆れたようなため息をつくと、隣にいたユミナも小さなため息を漏らす。

「可愛《かわい》いですねえ。私の息子《むすこ》か娘も早く来て欲しいです……」

「なに言ってるのよ。あの子もあなたの娘よ？　みんな兄弟姉妹なんだから」

リーンからの言葉に一瞬《いっしゅん》ユミナがキョトンとしたが、やがてふふっ、と小さく笑い出した。

「そうですね。私もお母さんなんですね」

クーンはユミナを『ユミナお母様』と呼ぶ。あの子たちには生まれた時から九人の母親がいるのだ。

あの子たちにとって、実母も義母も関係ないのかもしれないな。クーンの場合、ユミナたちもからかったりするし。それと比べると、やはりリーンには遠慮ない気はするけど。

まあユミナの気持ちもわかる。残りの子供たちが世界中のどこに現れるかわからない現在、僕らには待つことしかできない。

一応、主要な王都などにはこっそりと紅玉《こうぎょく》配下の鳥たちによる『目』を派遣《はけん》してはいるのだが。

主に八重《やえ》の娘である八雲《やくも》が現れたら捕捉《ほそく》するためにだけれども。八雲は【ゲート】を使えるから、なかなか見つからないんだけどね……。

まったく……修業《しゅぎょう》ならこの国で八重や諸刃《もろは》姉さんとやればいいのになあ。お父さん、娘の考えていることがよくわからんよ。

◇　◇　◇

レア王国を訪問してから一週間ほど経《た》った。クーンはまったく地上《した》に降りてこない。バビロンの『研究所』に閉じこもり、博士とエルカ技師の三人でなにやら開発を続けているらしい。どうもあの子は引きこもりの素質があるな。完全にインドア派だ。

逆にヒルダとの娘のフレイはアウトドア派である。まあアウトドアとはいっても、エンデの娘のアリスと毎日のように試合をしてたりするだけなんだけれども。

「試合といえば……ミスミドでの武術大会っていつだったっけ？」

僕《ぼく》は隣に座《すわ》るリンゼに顔を向けた。僕の他《ほか》に、昼食の席にはエルゼ、リンゼ、桜《さくら》、スゥの四人が着いている。

他のみんなは仕事や予定がズレたみたいだ。こういったことは僕らの中ではよくあることだった。

「確か今日から、だったと。ね、お姉ちゃん」

「うん、確かそう。あーあ、参加したかったなあ」

教えてくれたリンゼの言葉に、昼食のオムライスをぱくつきながらエルゼが残念そうにつぶやく。いや、君が出たら大変なことになるから。

すでにエルゼ、八重、ヒルダの三人はおそらく世界でトップクラスの強さを持っている。彼女《かのじょ》たちに対抗《たいこう》できるとすれば、諸刃姉さんたち神族を除くと、長命種であるエルフやドワーフといった種族で何千年も修業に明け暮れた達人だけだと思う。

「まあ、今回はミスミド国内での大会だからさ。そこに他国の王妃《おうひ》が出場するってのはやっぱりマズいよ」

「わかってるわよ……。王妃様ってのも不便なもんよね」

ミスミドの獣王陛下は昔から武術大会を開きたいと思っていたが、家臣のみなさんから反対されていた。予算がない、というのが彼らの理由であったが、ブリュンヒルドで開かれた武術大会を見て、新しい料理の屋台を出し、参加料金などで利益を上げればウチでもいけるんじゃね？　と考えたらしい。

そこからなんとか宰相のグラーツさんや家臣さんたちを説《と》き伏《ふ》せ、やっと開催《かいさい》まで持ち込んだというわけだ。

安全性を高めるため、武闘場《ぶとう》の防御障壁《ぼうぎょしょうへき》や負傷者転移・回復魔法などの付与《ふよ》は僕がしたけどさ。

今回はミスミド国内だけの大会らしいけど、そのうち魔導《まどう》列車なんかが走るようになれば、国外からも参加者が来るんじゃないかな。

というか、獣王陛下も参加するんだろうか。ウチの時は確か、ベルファストのレオン将軍と当たって引き分けになり、早々に敗退したらしいけど。

あの時はギラとの戦いでぶっ倒れてたから観てないんだけど、それはすごい試合だったと聞いた。誰《だれ》か録画しておいてくれたら見れたのになあ。

「参加はダメかも知れんが、観戦するくらいなら良いのではないか？」

「うーん……。獣王陛下ならたぶん喜んで許可をくれると思うけど……」

スゥの提案に僕は少し悩《なや》む。観戦するだけで終わるかなぁ……。優勝者、あるいは獣王陸下自身とエキシビションマッチとか言って引き込まれて、エルゼが戦うことになるんじゃないの？

ミスミドで行う第一回の武術大会で他国の王妃が優勝者やその国の国王をボコボコにしたらマズいどころの話じゃないでしょうよ。

やっぱり今回はスルーしておくのが一番いいんじゃないかねえ。

そう結論を出した僕のところへ念話で紅玉からの知らせが入った。

《お食事中、申し訳ございません。派遣していた『目』から、重要な情報が入りました。まずはご覧下さい》

《あいよ、送って》

各地に派遣している紅玉配下の鳥と視神経をリンクする。

ほんの少しの間を開けて、僕の脳裏《のうり》に鮮明《せんめい》な画像が浮《う》かんできた。鳥の視覚情報を人間の視覚情報に置き換《か》えているのだろう。

どこだろう、ここは……人が多いな。どこかの会場か？　獣人《じゅうじん》たちが多いし、ミスミドかな？

あ、やっぱりミスミドだ。貴賓席《きひんせき》に宰相のグラーツさんがいるし、あの武闘場は僕が防《ぼう》御《ぎょ》結界を付与したやつだし。武術大会の会場か。

階段状になった観客席は獣人や亜人《あじん》たちで埋《う》め尽くされている。大盛況《だいせいきょう》だな。

鳥の視線が武闘場中央へと向けられる。誰か戦ってるな。武術大会の試合中か。

一人は大きな木剣《ぼっけん》を持った髭《ひげ》の大男。熊《くま》……の獣人かな。そしてもう一人は……。

「ッ⁉」

ガタッ！　と僕は思わず椅子《いす》から立ち上がってしまった。驚いたみんながこちらへと視線を向けるが、僕の視線はその中の一人、リンゼの方へと向いてしまう。

なぜなら今も僕の脳裏に流れ込んできている映像に、彼女そっくりの子供がいたのだから。

「ど、どうしたんですか、冬夜さん？」

「いっ、いや、今、紅玉から念話が届いて……！　ええっと……あっ、見せた方が早いか！」

慌てて【ミラージュ】を発動させ、食卓《しょくたく》の空中に僕が見ているものを映し出す。音声はない。映像だけだ。

「……えっ？」

「なにこれ、武闘場……？」

「子供が戦っておるぞ？」

「リンゼ？」

両手に装備した不釣《ふつ》り合いなガントレットを構えて、熊獣人《くまじゆうじん》の大男に一足飛びで向かっていくリンゼにそっくりな六、七歳《さい》くらいの女の子。

少女の稲妻《いなずま》のような突進《とつしん》に、熊男《くまおとこ》が大剣《たいけん》の腹を向けて防御しようとする。

少女はそれを見て、不意にジャンプしたかと思うと、そのまま何もない空中をジグザグに移動して熊男へと向かっていった。空中を跳《は》ねている⁉

そしてそのまま放たれた少女の拳一発で大剣が砕かれ、熊男が場外まで派手に吹《ふ》っ飛んでいく。何回かバウンドした後に、転がって止まった。

「「「「なっ⁉」」」」

映像を見ていた僕らの声がハモる。なんだ今の⁉

目を見開いたまま、エルゼが隣にいる妹と画面の少女を見比べる。

「ちょちょちょ、ちょっと待って⁉　この子ってもしかしなくても……！」

「リンゼの娘……リンネだと思う」

「ここまでそっくりなのじゃ。間違《まちが》いなかろう」

桜もスゥも画面の少女とリンゼを見比べていた。ホントに似てるな……。いや、当たり前っちゃ当たり前なんだけど。

肩《かた》あたりで切り揃《そろ》えられた銀髪《ぎんぱつ》にヘアバンド、目付きはちょっとだけエルゼよりか？

着ている服まで似てら。まさにミニリンゼって感じだ。

「はっ、はわわわわわ！　きっ、きっきっ、きました！　きまっ、きました⁉」

「なぜ疑問形……？」

「えっと、えっと、どどど、どうどう、どうすれば、すればするとき、どうしろと⁉」

「リンゼ、ちょっと落ち着こう」

パニクってるリンゼに声をかける。気持ちはわかるけど。僕はもう三回目なのでそこまで気は動転してはいないが。

「あっ⁉」

「え？」

突然叫《とつぜんさけ》んだエルゼの声に視線を戻《もど》すと、画面の中でリンネが観客席に向けて手を振っていた。その方向、最前列にいた同い年くらいの少女が手を小さく振《ふ》り返す。

「エルゼそっくりじゃな……」

「たぶんエルゼの娘、エルナ」

「えっ、えっ⁉　わ、私の⁉　きっ、きた⁉　きたの⁉」

エルゼが周りにいるスゥや桜にキョロキョロと視線を巡らせる。周章狼狽《しゅうしょうろうばい》ここに極《きわ》まれり、といった感じでアワアワと手を宙に彷徨《さまよ》わせていた。

「えっと、えっと、どどど、どうどう、どうすれば、すればするとき、どうしろと⁉」

「エルゼ、落ち着こう。繰《く》り返しだ」

さっきのリンゼと同じだよ……。双子《ふたご》だからってそこまでシンクロせんでも。

画面の中の観客席の少女はこれまた銀髪ロングでエルゼにそっくりな子だった。しかし、幾分《いくぶん》目付きが柔らかく、大人しそうな印象を受ける。こちらもエルゼに似た服を着ているが、ひょっとして未来のリンゼのお手製かな？

「とっ、冬夜さん！　今すぐミスミドへ行きましょう！」

「そ、そうよ！　こんなの見てるなら、直接ここに行った方が早いわ！」

「わ、わかった、わかったから……！」

迫《せま》り来るお嫁《よめ》さん二人に僕が逆らえるわけがない。僕は急《せ》かされるように【ゲート】を開き、武闘場の観客席後方、人の目につかないところからミスミドへと足を踏み入れた。

その僕を押《お》し退《の》けるようにしてエルゼとリンゼが後ろから飛び出してくる。続けて桜とスゥもこちら側へとやってきた。

武闘場から降りたリンネが奥の控《ひか》え室《しつ》へと戻っていく。

それを見たリンゼが娘を追いかけようしたが、僕に腕《うで》を掴《つか》まれて、その場に立ち止まった。

「待った！　一応、あの子は試合出場者だ。勝手に会いに行くと控え室にいる他の出場者の邪魔《じゃま》になるかもしれない」

「で、でも……！」

「リンネは後回しにして、観客席のエルナから押さえればよかろう。そうすればどのみちこっちにやってくる」

渋《しぶ》るリンゼだったが、スゥの言葉を理解したのかやがてこくんと頷《うなず》いた。

「えっと、えっと……あ！　あそこよ！」

エルゼが指差した先に、彼女の娘であるエルナが見える。ちょうど僕らのいるところから反対側の最前列。

階段状になっている観客席後方のここからなら、最前列の人たちもなんとか見えるが、あんな人混《ひとご》みの中からよく見つけたなあ。母親の直感かね？

あの位置だとぐるっと回らないといけないか。走り出そうとした僕の耳にエルゼの声が響く。

「桜！　【テレポート】お願い！」

「がってん」

一瞬にして視界が変わる。ちょっ……！

【テレポート】してきた僕らに、周りの人たちが腰《こし》を抜かしたように驚《おどろ》いていた。眷属化《けんぞくか》の影響《えいきょう》でこれくらいの人数なら桜もまとめて【テレポート】できるようになっている。

……んだけど、さすがに目立つだろ……！

なんだこいつら⁉　どこから現れた⁉　という戸惑《とまど》いと疑いの視線の中、ただ一つだけ、僕らに向けられるきょとんとした目。

「おかあ、さん？」

エルナが突然《とつぜん》現れたエルゼに釘付《くぎづ》けになって、固まっていた。

「え、えっと、エルナ……よね？」

「あ……。うっ……、あうっ……！」

なんと話しかけたらいいか躊躇《ためら》いがちなエルゼの前で、きょとんとしていたエルナの表情が次第《しだい》に崩れていく。その両目からは大粒《おおつぶ》の涙《なみだ》が溢《あふ》れていた。

「おかあさん……！　おかぁさぁんっ！　うえぇっ……、おかっ、お母さんだぁ……！　会いたかった……！　会いたかったよぉ……！」

長い銀髪を振り乱し、エルナがエルゼにしがみついて号泣《ごうきゅう》する。

突然《とつぜんだ》抱きつかれたエルゼはわたわたと慌てていたが、やがて小さく微笑《ほほえ》んで、わんわんと泣きじゃくる娘を優《やさ》しくぎゅっと抱きしめた。

あの……お父さんもいるよ？

◇　◇　◇

泣き続けるエルナをなんとか落ち着かせるため、僕らは一旦《いったん》武術大会会場外に出ていた。設置されたたくさんの屋台にあるベンチに座り、これまでの状況《じょうきょう》を少しずつエルナから聞き出していく。

「え、ガウの大河に⁉」

「うん……。わたしたちはミスミドにある橋の上に出たんだけど、その橋が腐《くさ》ってたのか、突然崩《とつぜんくず》れたの。そのままリンネと落ちて……」

「けっ、怪我《けが》は⁉　大丈夫《だいじょうぶ》だったの⁉」

エルナの隣《となり》にいたエルゼが心配そうに声を荒《あ》らげる。それを見てエルナは困ったような笑いを浮かべた。

「うん、それは大丈夫。川にはギリギリ落ちなかったから。だけど、二人とも手に持っていたスマホを川の中に落としちゃったの。それでどこにも連絡《れんらく》できなくて……」

あー……それでか。

博士の造った量産型のスマホには盗《ぬす》まれたり失くしたりしても大丈夫なように、【アポーツ】や【テレポート】が付与されている。

しかしそれを使ってスマホを回収できるのは僕だけなので、二人にはどうしようもなかったのだろう。

「なんとかブリュンヒルドと連絡を取らないと、って思ってたら武術大会の話を聞いて。きっと獣王陛下も出てくるだろうから、そこから連絡してもらおうって考えたの……」

「えらいっ！　よく頑張《がんば》ったわね！　さすがあたしの娘だわ！」

むぎゅっ、と隣のエルナを抱きしめて、頬擦《ほおず》りをするエルゼ。エルナの方は恥《は》ずかしそうに赤くなっている。

なるほど。これだけ母親であるエルゼとリンゼにそっくりなんだ。この子たちを獣王陛下が見たら、かならず僕のところへ連絡が来る。黙《だま》っていても今日明日には連絡が来たわけか。

しかし困ったな。量産型のスマホにはシリアルナンバーが打たれていて、その番号をたよりに回収するのだけれど、さすがに未来で造られたスマホのナンバーまでは知らない。

持っていた本人も知らないだろうし。

面倒《めんどう》だけど、後で【サーチ】を使って回収するか。

そんなことを考えていた僕の前で、エルゼとは反対側の席に座ったスゥが質問を投げかけていた。

「エルナとリンネはいくつなのじゃ？」

「えと、わたしたちはどっちも七歳だよ。わたしの方がひと月だけ早く生まれたからお姉さんなの」

聞くとエルナは六女、リンネは七女らしい。クーンが三女だから、間に二人いるわけか。

そしてリンネの下にさらに二人。

ユミナかルー、スゥか桜、誰との子供かはわからないが。

スゥと桜が自分の子供たちのことを聞き出そうとしていたが、エルナは『えと、あの、その……』と言葉を濁《にご》して話そうとはしなかった。どうやら時江《ときえ》おばあちゃんにあまり話すなと含まされているようだ。

困った娘を見たエルゼが二人の質問をシャットアウトする。渋々《しぶしぶ》二人は諦めたようで、質問攻《ぜ》めから解放されたエルナがホッとしていた。

と同時に、どこからか、くうぅぅ……と可愛らしい音が聞こえてきた。

見るとエルナがお腹《なか》を押さえて赤くなっている。

「あ、あの、まだご飯食べてなかったから……」

「そういえばわらわたちも昼食の途中《とちゅう》だったのう。ここで軽く食べていくか。店主！　その焼き鳥を三本ずつ、人数分じゃ！」

「あいよ！」

スゥが屋台の店主に注文を入れた。【ストレージ】の中に食べ物はいくらでも入っているのだが、食べ物の屋台ひしめくここでそれを取り出して食べるのはさすがにはばかられる。

ま、せっかくのお祭りだし、どうせなら食べないと損か。すぐに運ばれてきた焼き鳥を一本取って、僕の隣に座っていたリンゼにも手渡す。

「ほら、リンゼも」

「あ、はい……」

微笑みながらそれを受け取るリンゼ。出場している娘《リンネ》が心配なのか、ちょっとだけ元気のない笑顔《えがお》だった。その瞳《ひとみ》は抱き合っているエルゼとエルナに向けられている。

「心配ない。あれだけの腕前《うでまえ》ならそんじょそこらの奴《やつ》には負けない。さすがリンゼの娘」

「ありがとう、桜ちゃん」

励《はげ》ますような桜の言葉にリンゼが微笑みを浮かべた。っていうか、あの子、金・銀ランクの強さを持っているんだよな……。あの様子だと予選は軽々と突破《とっぱ》しそうだし、下手すりゃ優勝しちゃうんじゃ……それはちょっとマズくないかな？

「というか、目的は達しているわけだし、リンネには棄権《きけん》してもらったらどうだろう？」

「えと、お父さん……それ、難しいと思う」

エルナがおずおずと話しかけてきた。……なんかエルゼと比べて僕とは距離《きょり》を感じるんだが。き、嫌《きら》われているわけじゃないよね……？　さっき号泣してしまったから、恥ずかしがっているだけだと信じたい。

「リンネはこういう試合とか大好きだから。負けたならまだしも、途中でやめるのはすごく嫌《いや》がると思う。最悪、泣いちゃう。負けてもちょっと泣いちゃうと思うけど……」

子供か。子供だった。

クーンとかフレイとかが大人びているから気にならなかったけど、リンネは子供っぽい子供のようだ。

「うーん……。でもこの大会は一応、ミスミド主催《しゅさい》だからねえ。しかも記念すべき第一回大会。他国の一般人《いっぱんじん》ならまだしも、王家関係者が出場するってのはあまりよくない気がするんだよね……」

まあ『娘です』とは言う気はないけど、ここまでエルゼとリンゼにそっくりだと、絶対に関係者だと思われるよな。娘だろうが親戚《しんせき》だろうが、結局マズいってのは変わらない。

本戦で負けてくれるなら問題はないけど、あの強さだと決勝どころかあっさり優勝しちゃいそうでなあ……。

むぐぐ、複雑な気持ちだ。父親としては勝ち抜《ぬ》いて優勝してほしいとも思うが、国王という立場からすると、それはちょっと困るぞ、と。

たぶんミスミドとしては自国の人に優勝してほしいと思ってるだろうしさ。その方が盛り上がるし。

「というか、リンネのあのパワーってなんなの？　やっぱり無属性魔法《まほう》？」

「あ、うん。そうだよ。【グラビティ】」

エルゼの質問に素直《すなお》に答えるエルナ。あー……。それでか。納得《なっとく》。

僕もよくやるやつだ。敵に当たるインパクトの瞬間《しゅんかん》に武器を加重して重くしてるんだな。

リンネの場合、僕のスマホみたいに遠隔《えんかく》操作で重くはできないから、触れているガントレットを重くして威力《いりょく》を上げているんだろう。

「試合で魔法を使ってもいいのかの？」

「直接相手を攻撃《こうげき》するような魔法や回復系の魔法じゃなければ大丈夫なんだって。さっき

【テールウインド】を使っている人もいたよ？」

スゥの疑問にエルナが答える。【テールウインド】……追い風を起こし、自身のスピードを上げる風魔法か。僕はあまり使わないけど。【アクセル】とか【ブースト】とかあるしね。

桜が同じようにエルナに質問する。

「リンネの空中を跳ねるやつも魔法？」

「あれは【シールド】を足場にして跳《と》んでるの。目に見えないから空中を飛び跳ねているように見えるけど……」

【シールド】か！　なるほど、そういう使い方があったか……。【シールド】はすぐ消えるけど、それでも一、二秒は持つ。足場にして空中を駆《か》けるには充分《じゅうぶん》だ。……今度やってみよ。

というか、なにげに【グラビティ】と【シールド】の無属性二つ持ちですか……。

とか思ってたらエルナはそれ以上だった。なんでも【マルチプル】、【リカバリー】、そして【ブースト】を使えるんだそうだ。自分と同じ無属性魔法を使えると知ったエルゼの喜びようったら。

クーンの【プログラム】といい、エルナの【ブースト】といい……ああ、桜の娘だというヨシノも【テレポート】を使えるとなれば、これはやっぱり無属性魔法が遺伝してると しか思えない。いや、他の娘たちの無属性魔法も遺伝してるっちゃ遺伝してるんだが……僕から。

「で、リンネのこと、どうしようか？」

「有無《うむ》を言わさず【テレポート】で連れて帰る」

「いや、それもどうだろう……」

桜の身も蓋《ふた》もない提案に僕は難色を示す。そのあとギャン泣きされてもさあ……。

「負けりゃ納得して帰るんでしょ？　獣王陛下に頼《たの》んで強い人をさっさと当ててもらったら？」

「うーん……。さっきの試合を見た限りだと、よほど強い人じゃないと……」

「じゃあ【ミラージュ】で別人に化けて、あたしが戦おうか？　アリスと同じくリンネも私の弟子《でし》みたいなものらしいし」

エルゼがとんでもない提案をしてくるが、それもアリなのか……？　獣王陛下か宰相のグラーツさんにならねじ込んでもらえるとは思うけど……。

「いや、リンネがエルゼの弟子なら戦い方とかでバレる可能性がある。やるなら僕が……」

「私がやります」

隣の席で小さく手を挙げたリンゼにみんながキョトンとしていた。

「え？」

「お姉ちゃんたちを見ていたら、私も娘と遊んでみたくなりました」

いや、遊びって。にっこり笑ってそんな風に言われても、つまるところ、どつき合いですよ？　娘との初めての触《ふ》れ合いがそれってどうなの？

「しかしリンゼは魔法使《まほうつか》いであろ？　攻撃魔法《こうげきまほう》を使わないで戦えるのかや？」

「相手を痛めつけるわけじゃなく、試合というルール上ならどうとでもなるよ。そういった訓練もちゃんとしてきたから」

確かにリンゼはみんなと比べると目立つ強さはないが、弱いというわけではない。正直言って、そこらの冒険者《ぼうけんしゃ》では太刀打《たちう》ちできないレベルの強さは持っている。なにせバビロンの【図書館】にあった古代魔法や合成魔法、精霊魔法《せいれいまほう》までも習得しているのだ。

さらに世界神様から贈《おく》られた結婚《けっこん》指輪の力もあるしな。

「ねえ、エルナ。リンネはちょっと調子に乗りやすいところがあるでしょう？　この大会も『楽勝、楽勝！』とか言ってなかった？」

「う、うん。すごい、どうしてわかるの？」

「ふふ。わかるよ。私も子供の頃《ころ》、よく身近で聞いたから」

「り、リンゼッ⁉　こ、子供の前、子供の前だから！」

リンゼの発言に焦《あせ》ったように声を荒らげるエルゼ。察した僕らは生温かい目で彼女に視線を送る。言ってたのね……。

「娘がどれだけ成長しているのか、確認《かくにん》するのも母の務め、かと。いいですか、冬夜さん？」

「いや、リンゼがそういうなら構わないけどさ……」

まさかリンゼに限ってリンネをボコボコにするなんてことはないだろうけど。ヒルダとフレイが試合をした時みたいに、怪我をさせることなく負けを認めさせればいいんだろうが……場外負けもあるから、できないことはないか。

うむむむ、と悩んでいた僕の懐《ふところ》にあったスマホに着信が入る。あれ？　ミスミドの宰相、グラーツさんからだ。

「はい、もしもし」

『ああ、ブリュンヒルド公王陛下。もしかしてミスミドへいらっしゃってますか？』

「あ、はい。よくわかりましたね？」

『ははは。特別観覧席から公王陛下たちのお姿が見えましたので。よろしければこちらへおいでになりませんか？』

確かグラーツさんのいるところは一部高い所に造られているＶＩＰ席。よくあそこから僕らが見えたなあ。ああ、グラーツさんは鳥の獣人だし、目がいいのかね。

せっかく誘《さそ》われたのだから行ってみるか。このことを相談してみよう。

◇　◇　◇

「あれえ？　エルナお姉ちゃんがいない……。お花摘《はなつ》みかなぁ？」

控え室の窓から会場の方を覗《のぞ》くリンネ。先ほどまでそこにいた同い年の姉がいない。何かあったのだろうかと少しだけ不安になる。スマホがないと本当に不便だ。

控え室には勝ち抜いた出場者がそれぞれ身体を休めたり、ストレッチをしたり、瞑想《めいそう》したりと、試合に向けて各々《おのおの》の方法で集中していた。

勝ち抜いたのはリンネを含めて十二人である。そのうち二人は怪我をしたので、今は医務室に行っていた。

回復魔法とて万能《ばんのう》ではない。怪我の具合が酷《ひど》ければ出場を辞退ということもありうるのだ。失った血は戻らないし、体力までは回復しないのだから。

辞退する者が出れば不戦勝となって勝ち上がれる者が出るわけで。リンネは気にしてもいないが、この中の大半は怪我した出場者の辞退を願っているようだった。

ここにはいないが、勝ち抜いた十二人に加え、さらに推薦枠《すいせんわく》として四人の出場者がいる。つまりこれから計十六人で優勝を争うわけだが、推薦枠にはなんとこの国の王、獣王ジャムカ・ブラウ・ミスミドがいた。

国王の目に止まれば仕官も夢ではない。出場者がライバルの辞退を願うのも無理はなかった。

やがてガチャッと控え室の扉《とびら》が開き、三人の人物が入ってくる。一人は試合を進行する獣人の審判員《しんぱんいん》。もう一人は医務室へ行っていた出場者の青年。そして残りの一人は他の出場者が見たことのない人物だった。

「予選突破者のベイル殿《どの》が棄権されたため、新たに推薦枠として一名追加することになりました。こちらのリンリン殿が参加されます」

「リンリン、です。よ、よろしくお願いします……」

リンリンと紹介《しょうかい》された人物は小さな声で挨拶《あいさつ》をするとぺこりとお辞儀《じぎ》をしてみせた。どうやら不戦勝枠《わく》はなくなったようだ。

歳は十六、七くらいで、金髪《きんぱつ》を三つ編みにした少女である。腰には星型の杖頭《じょうとう》がついた短杖《ワンド》を持ち、左胸にも黄色い星型バッジが輝《かがや》いていた。鎧《よろい》は装備しておらず、黒いゴシック調の上着とティアードスカート、足は黒のニーソックスで固めている。

一目で魔法使いタイプとわかる少女である。この武術大会では直接的な魔法攻撃《まほうこうげき》は禁止されているため、魔法使いの参加は珍《めずら》しいが、全くゼロというわけではない。事実ここにいる予選突破した者の中にも、魔法を使う者も何人かいるのだから。

「ではリンリン殿、推薦枠の控え室へ」

「あっ、私、こっちでいい、です。向こうは緊張《きんちょう》してしまいますから」

「……？　そうですか。まあ、構いませんが」

審判員の青年は少しだけ奇妙《きみょう》に思ったが、向こうには獣王陛下がいる。緊張してしまい、実力を出せないのを危惧《きぐ》したのだろうと考え直した。

宰相《さいしょう》であるグラーツ様からの推薦《すいせん》であるから実力は確かなのだろうが、魔法使いがこの大会を勝ち抜くのは難しいだろう。せめて気負わずに戦えるように、控え室くらいは自由にしても構わないと彼《かれ》は判断した。

「では出場者の方々はもうしばらくお待ちください」

そう言って審判員の青年は控え室を出て行った。リンリンと名乗った少女に皆《みな》の注目が集まるが、その後の反応は様々だった。魔法使いと判断したからか興味をなくす者、逆に警戒《けいかい》し睨《にら》みつけてくる者、気にはしているが視線を逸《そ》らす者、など。

その中で一人の少女だけが睨むでもなく、首を傾《かし》げながらリンリンをじ————っ……と、見つめていた。リンネである。

「な、なにかな？」

「んむー……？　えと、お姉ちゃん、あたしとどっかで会ったことある？」

「えっ⁉　は、初めてだと思うけど⁉」

「そお……？　じゃあ気のせいかー。まあいいや。こっち座ったら？」

リンネがパンパンと座っている長椅子《ながいす》の隣を叩《たた》く。おずおずとリンリンがそこに座ると、隣のリンネがにぱっ、と笑って手を差し出してきた。

「あたし、もちづ……あっ、えっと、リンネっていうの！　よろしくね、お姉ちゃん！」

「……よろしく、リンネちゃん」

微笑んで差し出された手を何気なく握《にぎ》るリンリンであったが、その心の内では心臓が跳ね上がり、叫《さけ》びそうになるのを必死で堪《こら》えていた。

◇　◇　◇

《ふ、ふわあぁ！　可愛《かわい》い！　リンネ可愛い！　この子が私と冬夜さんの……！　だ、抱《だ》き締《し》めたらダメかなぁ……！　む、娘《むすめ》がぁ――――！　可愛すぎる件について――――！》

リンリン、こと、変身バッジで姿を変えたリンゼは、心の中で崖《がけ》の上から絶叫《ぜっきょう》していた。

やっと会えた自分の娘にテンションマックスである。

ちょっと前まで姉に持っていた羨《うらや》ましい気持ちが見事に吹っ飛んだ。これはたまらぬ。可愛さは正義だ。

「お姉ちゃんは魔法使い？」

「う、うん、そうだよ。変かな？」

「ううん！　あたしのお母さんも魔法使いなんだ。だから魔法使いの強さは知ってるよ。でも勝つのはあたしだからね！」

「そ、そっかぁ……」

ふふん、と強気にそう発言する姿も可愛い。思わず表情が緩《ゆる》みそうになるのを必死に堪えるリンゼであった。

「リンネちゃんのお母さんも魔法使いなんだね」

「うん！　お母さんはねぇ、すごいんだよ！　魔法もできるし、お洋服も作れるし、お料理もできるの！　いろんなことができるんだから！」

リンネが自分のことのように一生懸命《いっしょうけんめい》話すのを、リンゼは目を細めて聞いていた。話の流れで聞いてみたかったことを口にする。

「り、リンネちゃんはお母さんのこと好き？」

「たまに怒《おこ》ると怖《こわ》いけど……大好き。いつも寝《ね》るときにいろんなお話してくれるの。……もう少ししたら会えるんだ。エルナお姉ちゃんと一緒《いっしょ》に会いに行くの。そしたら……」

最後の方は小さく、寂《さび》しそうな声であった。そんなリンネをリンゼがぎゅっと抱き締める。

「お姉ちゃん……？」

不思議そうな顔でリンゼを見上げるリンネ。ハッとなったリンゼがリンネを解放する。無意識に抱き締めてしまった。変に思われてしまったに違《ちが》いない。なんとかごまかさなくては、と、リンゼがあわあわと言い訳を口走る。

「ご、ごめんね！　そ、その、い、妹に似てたから、つい……！」

我ながら苦しい言い訳だなぁ、と考えつつも、なんとかその場を取り繕《つくろ》う。

「お姉ちゃんにも妹がいるの？　あたしにも一人いるよ。弟も」

にこっと笑ってそう答えたリンネに、どうやらごまかせたか、と胸を撫《な》で下ろすリンゼ。

この際だからとリンゼがその妹と弟のことを聞き出そうとした時、再びガチャリと控え室の扉が開き、先程《さきほど》の審判員とミスミドの兵士が二人入ってきた。

「お待たせ致《いた》しました。対戦表が決まりましたのでよろしくお願い致します。時間になりましたらお呼び致しますので、それまではここで待機を」

二人の兵士が持ってきた対戦表を壁《かべ》に貼《は》り付ける。出場者たちはその前に立ち、自分の対戦相手と勝ち抜けばその後に対戦することになるかもしれない者たちを確認した。

「あ！　あたしの相手、お姉ちゃんだ！」

「そうみたいだね」

こうなるようにミスミドの宰相であるグラーツに頼んでおいたので、リンゼに驚きはない。もちろんリンゼが勝っても怪我をしたとかなにかしら理由をつけて辞退することになっている。そのためにも娘には負けられないのだが。

「勝負だね！　お姉ちゃんは魔法使いだから、少し手加減しようか？」

「……リンネちゃん、お姉ちゃんはたぶんリンネちゃんのお母さんと同じくらい強いから、余裕《よゆう》みせていると足下《あしもと》を掬《すく》われるよ？」

どこかまだ相手を軽く見ているリンネを注意するつもりでそう言ったのだが、彼女《かのじょ》は『むうう〜』と目に見えて不機嫌《ふきげん》になっていた。プライドを傷付けてしまったか、と少し焦るリンゼ。

「……嘘《うそ》だもん。お母さんと同じくらい強い人なんてウチの家族以外いないもん！　お姉ちゃんなんかあたしが簡単にやっつけちゃうんだから！」

え、そっち？　と、リンゼの目が点になる。これほど慕《した》われて母親としては嬉《うれ》しくもあるが、やはり相手をどこか下に見ているところがあるようだ。でもまあ、子供なのだからそれは仕方のないことか、とリンゼは微笑む。自分の姉もそういうタイプだった。懐《なつ》かしくなってふふっ、と含《ふく》み笑《わら》いが漏《も》れる。

リンネは、ぷいっ、とリンゼから顔を背《そむ》け、腕を組み、だんまりと口を真一文字に結んでしまった。ひょっとしたら家族を馬鹿《ばか》にされたように感じたのかもしれない。

しかし、そのふくれた態度でさえもリンゼは愛《いと》しく思える。間違いなくこの子は自分の子だと思える、不思議な気持ちであった。

「じゃあ勝負だね」

「負けないもん！」

母と娘はそれぞれの思いを胸に、視線を交《か》わし合った。

◇　◇　◇

「それまで！　勝者、ダンクス殿！」

圧倒的《あっとうてき》なパワーで対戦相手を場外へと吹っ飛ばした虎《とら》の獣人《じゅうじん》選手が、高々と拳《こぶし》を上げる。

同時に観客席から割れんばかりの歓声《かんせい》と拍手《はくしゅ》が鳴り響《ひび》いた。

「さすが獣人の素早《すばや》さと膂力《りょりょく》は侮《あなど》れないわね。あいつはいいとこまでいくと思う」

エルナの隣に座《すわ》るエルゼが品定めをするかのようにそんなことをつぶやく。そんなもんですかね。

僕《ぼく》らはエルナが元いた観客席に戻って来ていた。グラーツさんがＶＩＰ席でご覧になったら、と勧《すす》めてくれたのだが、あのままエルナがいなくなったらリンネが心配するので遠慮させてもらった。

僕らの姿をリンネに見られるわけにはいかないので、【ミラージュ】でエルナ以外は姿を変えている。

「リンネとリンゼの試合は何番めじゃ？」

「確か次の次だよ。しかし、本当に大丈夫かなぁ……。リンネも心配だけど、リンゼも心配だ……」

僕が小さなため息をつくと、エルゼが呆《あき》れたような視線を向けてきた。

「なによ、オロオロしちゃってみっともない。あの子だってあんたの嫁よ？　半端《はんぱ》な修業《しゅぎょう》はしてないわ。単に火力だけなら私たちの中で一番だと思うわよ？」

「ルールでその火力を封《ふう》じられてるから心配してるんじゃないか……。いや、リンネにぶっ放されても困るんだけど……」

間の席に座るエルナの頭越《あたまご》しにエルゼとそんなことを話していると、歓声と共に次の試合が始まった。

竜人族《りゅうじん》の槍《やり》使いと、犬の獣人族の剣士《けんし》だな。この次の試合か……。頼むからどっちも怪我しないでくれよ。

目の前で繰り広《ひろ》げられている試合にまったく集中できず、僕はキリキリと痛み始めた胃を押さえた。

◇　◇　◇

「あ、エルナお姉ちゃんが戻ってる。……隣の人たちは誰《だれ》だろ？」

姉の姿を確認して安堵《あんど》すると同時に、リンネに小さな疑問が浮《う》かぶ。

すぐ上の姉であるエルナはどちらかというと人見知りである。赤の他人となど、そうそう打ち解けるはずがないのだが。

もしかして絡《から》まれてるのでは、とも思ったが、時折り見える姉の笑顔から、そうではないと感じ取る。まるで家族のように笑い合うその姿に、ちょっとだけリンネは寂しさを感じた。

控え室の窓から覗くリンネの背後にリンリン……リンゼが静かに立つ。

「あの子がお姉ちゃん？」

「うん……。エルナお姉ちゃん。お姉ちゃんがあんなに楽しそうに他の人と話すなんて珍しいなあ」

事実を知らないリンネだけが不思議そうな顔で首を傾げていた。本当は家族であるから、普《ふ》通《つう》に話していても不思議なことは何もないのだが。

「それまで！　勝者、リューゲル殿！」

審判員の声が響き渡《わた》る。どうやら試合が決まったらしい。失礼な話だがまったく見ていなかった。勝ったのは竜人族の槍使いのようだ。

『続きまして、第五試合を行います。推薦枠から流れの魔法使い、リンリン殿！　対するは今大会出場者最年少、リンネ殿！』

紹介アナウンスが流れ、リンゼとリンネが控え室前の廊下《ろうか》から会場へと足を踏《ふ》み入れる。

観客席から拍手と歓声の雨が二人へと降り注いだ。

「勝負だよ、リンリンお姉ちゃん！　ぜったいにあたしが勝つからね！」

「勝負、だね。私も負けないよ？」

お互《たが》いに視線を合わせ、武闘《ぶとう》場の左右へと分かれていく。正面から対峙《たいじ》し、間にいた審判員が武闘場から下りていった。

「双方《そうほう》、用意はよろしいか？」

「いいよっ！」

「いつでも」

リンネがガンガンと無骨なガントレットを打ち鳴らし、リンゼは後ろ腰に差していた星型の頭杖をした短杖《ワンド》を手に取って構える。

「では、始め！」

ダッ！　と開始の合図と共にリンネがリンゼとの距離を詰《つ》める。魔法使いに対しての基本的な対処法。それすなわち、魔法を撃《う》たれる前に近づいて攻撃するという、シンプルな戦法である。

「悪いけどすぐに終わりにするよっ！」

駆け寄るリンネに対して、リンゼはステップを踏むように後方へと下がった。

「【光よ放て、眩《まばゆ》き閃光《せんこう》、フラッシュ】」

「あうっ⁉」

リンゼの持つ短杖《ワンド》から突然放たれた閃光に、リンネが目を腕《うで》で庇《かば》いつつ怯《ひる》む。光を直視してしまったリンネはその場から動けない。

思ったよりも詠唱《えいしょう》が速かった。直接攻撃の魔法はないからと突っ込んだリンネだったが、まさか視力を奪《うば》われるとは。

「むぅぅっ⁉　目潰《めつぶ》しなんて卑怯《ひきょう》だよ、お姉ちゃん！」

叫びながら、自分の周りに【シールド】を展開する。少しずつだが視力は戻《もど》りつつある。今は耐《た》えるしかない。

「魔法使いに真っ向勝負なんてしちゃダメだよ。相手はいろんな搦《から》め手《て》を持ってるかもしれないんだから」

「からめて？　からめてってなに？　もぉぉ、わかんないこと言ってー！」

　視界が元に戻ってリンネが拳を構えたとき、目の前には誰もいなかった。慌《あわ》てて反転し振《ふ》り向く。が、またしてもそこには誰もいない。

「え？」

　ならば上！　と、見上げるもそこにも誰もいない。

「消えた……あ、【インビジブル】だ！　姿を消しちゃうやつ！」

「正解」

　背後に【シールド】を展開しつつ、気配を探《さぐ》る。声がした方向と、風の流れを察知すればだいたいの場所がわかる……はず、とリンネは神経を集中した。

　が、そこへ審判員から横槍《よこやり》が入る。

「し、しばしお待ちを！　リンリン殿、その姿を消す魔法は場外に落ちても我々には判断がつかぬ故《ゆえ》、禁止にさせていただきたい！」

「あ、そうですね。はい、わかりました」

「ふわっ⁉」

　スゥッ、とリンゼがリンネの真横に姿を現し、びっくりしたリンネが慌てて離《はな》れる。い

つの間に⁉

「くっ！」

気を取り直し、現れたリンゼへ向けて飛び蹴《げ》りを放つリンネ。リンゼの腹へと蹴《け》りが決まった、と思った瞬間、その身体にヒビが入る。

「えっ⁉」

ヒビの入ったリンゼがパキリと砕《くだ》け散る。それは薄《うす》いガラスのように粉々に砕けて地面に落ちた。

「か、鏡？」

「こっちだよ」

振り向くと遠くにいたリンゼが短杖《ワンド》を振り下ろすところだった。先端《せんたん》にある星の形をした物体が、まるで手裏剣《しゆりけん》のように回転しながらカーブを描《えが》きつつ、こちらへと飛んでくる。

厚みのあるディフォルメされた星が、流星のごとくリンネへと襲《おそ》いかかった。

「うわっ⁉」

リンネはそれをしゃがんで躱《かわ》す。ブーメランのように弧《こ》を描いて、星は再びリンゼの持つ杖へとドッキングした。

「なにそれ⁉　そんなの使っていいの⁉」

「刃物《はもの》じゃないし、魔法攻撃じゃないからね。鎖《くさり》の長いフレイルみたいなものだよ」

そう言って再び短杖《ワンド》を振り下ろすリンゼ。杖頭にあった星が再びリンネめがけて飛んでいく。

スピード自体はそこまで速くはない。避《よ》け続ける方法もあったが、リンネの考えは違った。何度も避けるのは時間の無駄《むだ》である。であるならば。

「ふん・さいッ！」

迫《せま》り来る星めがけてリンネは右拳を叩きつける。父親のくれたこのガントレットに砕けぬものはない。加えてインパクトの瞬間に【グラビティ】を発動させて破壊力《はかいりょく》を跳《は》ね上げる。見事、星は砕け散り、粉々に粉砕《ふんさい》された。

「どーだ！」

ふふん、と鼻息荒《あら》く、リンネが胸を張る。そんな姿もリンゼには可愛く映り、自然と笑《え》みが浮かんでしまった。

それを余裕の笑みと取ったのか、リンネの表情はたちまち不機嫌なものとへ変化する。

「馬鹿にしてーっ！　これならどーだ！」

ダン、ダン、ダンッ！　と、リンネがなにもない空中を跳ね上がるように三段ジャンプではるか上空へと飛び上がる。【シールド】を足場にした多段ジャンプだ。リンゼの頭上、かなりの高度でリンネがくるんと身体を一回転させる。

「りゅうせいきゃくーっ！」

靴底《ソール》にミスリル板が仕込まれた靴《くつ》が加重され、流星のようにリンゼへ向けて落ちてくる。

本来ならこの勢いで蹴りつけると、下手すれば大怪我《おおけが》になるかもしれない。

しかしリンネはこの武闘場を冬夜が手がけたことを知っている。ブリュンヒルドの訓練場と同じく、人の生命を守ることに特化された武闘場だ。どれくらいのダメージまで無効化できるかは予想がつく。

それに対人戦においての手加減については、師であり母親の一人でもあるエルゼから徹底的《ていてき》に仕込まれていた。このくらいならたとえ怪我をしても回復できるはずだ。

そう思っていたリンネだったが、蹴りをくらわせたとき、リンゼの姿が粉々に砕け散ったのを見て、またしても騙《だま》されたことを知った。

先ほども今も魔法の詠唱はなかった。無属性魔法なのか？　と武闘場に着地したリンネが振り返ると、リンゼの傍《かたわ》らに小さな半透明《はんとうめい》の人物がいることに気がついた。

大きさは三十センチほど。銀色のドレスのようなものをまとい、長い銀髪《ぎんぱつ》をなびかせている少女だ。

「精霊《せいれい》……！　そうかっ！　さっきのも今のも精霊魔法だ！」

『当たりですわ。もうちょっと注意深く観察すればわかったはずですよ。不利な時ほど冷静になりませんと』

リンゼの横にいる精霊がくすくすと笑う。リンネがいた時代ならともかく、この時代では精霊魔法を使う者はほとんどいない。実際、ミスミドの王都に来るまで誰一人《だれひとり》として精霊魔法を使っている者はいなかった。だから注意を怠《おこた》ってしまった。

実母であるリンゼ、義母であるリーン、桜、ユミナ、スゥなども精霊魔法が使える。滅《めっ》多《た》に使うことはないが。

リンネ自身、親のこともあって精霊なら何度も見たことがあるが、あの精霊は見たことがない。こちらの言葉を話しているし、おそらく中級精霊だとリンネは判断した。

「この子は鏡の精霊。『ミロワール』だよ」

『ミロワールですわ。よしなに』

人形のような少女がカーテシーでリンネへ向けて挨拶をする。

リンゼがこの精霊魔法を使ったのは、中級精霊ならば正体もバレないだろうとエルナからお墨付《すみつ》きをもらったからだ。エルナの話によると、未来のリンゼが精霊魔法を使う時はほとんど上級精霊だったという。

まあ現在のリンゼでは、まだ上級精霊を完全には扱《あつか》えないので、必然的にこうなったのであるが。

「鏡の精霊……。さっきからそれで偽物《にせもの》を作ってたんだ！」

「そう。よーく見ればすぐにわかったはずだよ？」

ハッとする。確か控《ひか》え室《しつ》で初めて会った時、彼女の胸にあった星型のバッジは左だった。

しかし目の前で微笑《ほほえ》む彼女の胸には右にバッジがある。

「……ッ！　これも偽物……ッ！」

振り向くとそこに今度は左胸にバッジがあるリンゼとミロワールが立っていた。背後のリンゼが静かに砕け散る。

『まあ、さすがに気付きますわよね』

「むうぅ～！　精霊使いなら精霊使いって言ってよねー！」

「最初から手の内を全部明かすのは馬鹿のやること、だよ？　リンネちゃんもまだ隠《かく》している力があるよね？」

「むうぅ……！　こうなったら……【形状変化《モードチェンジ》・機甲《パンツァー》】！」

唸《うな》っていたリンネのガントレットが、ガシャッ！　と変形し、一回り大きくなって展開する。ガントレット全体に魔法紋様《エーテルライン》が浮かび上がり、両肘《りょうひじ》のあたりからジェットノズルのようなものが左右二本ずつ、計四本伸《の》びていた。

「そんなに見たいんなら見せてあげるよ！　後悔《こうかい》したって知らないんだから！」

リンネの身体から立ち昇《のぼ》る揺《ゆ》らめく『闘気』が、彼女の魔力《まりょく》と一体化していく。強化されていくその姿をリンゼは静かに眺《なが》めていた。

「闘気法……！」

闘気法。己《おのれ》の魔力を身体の一部に融合《ゆうごう》させ、特性を変化させ、身体能力を跳ね上げる戦《せん》闘《とう》技術。東方大陸では一部の竜人族などに伝わる奥義《おうぎ》である。

エンデの娘であるアリス、そしてリンネは、共にエルゼの弟子であるという。そのアリスが闘気法の派生である『発勁《はっけい》』を使えるのだ。同じ兄弟……いや、姉妹弟子であるリンネが使えないはずはなかった。

「哈《ハ》ッ！」

「わっ⁉」

ドンッ！　とリンネの掌底から放たれた気の塊《かたまり》がリンゼを襲う。

横っ飛びで躱したリンゼの真横を気の塊が通り過ぎ、武闘場の魔力障壁《まりょくしょうへき》に当たって霧散《むさん》する。

「まだまだだよっ！」

「ちょ、多い多い！　多いよぉ⁉」

野球ボール大の気弾《きだん》を連続で放つリンネ。さすがにこれにはリンゼも閉口した。これほど連続で放たれては躱すのが精一杯《せいいっぱい》だ。魔法《まほう》で防御壁《ぼうぎょへき》を展開しようにもその暇《ひま》がない。

「み、ミロちゃん、お願い！」

『わかりましたわ、マスター』

ミロワールがついっと腕を振ると、複数の鏡がリンネを取り囲むようにぐるっと出現した。合わせ鏡の中に映る無数の自分の姿にリンネは少し動きを鈍《にぶ》らせたが、すぐに放つ気弾を鏡へと向けた。

「全部割ってやるーっ！」

鏡自体は薄く脆《もろ》い。気弾が当たるとあっさりと破壊《はかい》され、キラキラとした破片《はへん》となって床《ゆか》へと落ちる。リンゼから標的が外れたのはわずかな間だったが、充分な時間を稼《かせ》げた。

「【雨よ降れ、清らかなる恵《めぐ》み、ヘヴンリーレイン】」

「え？」

リンネが間の抜《ぬ》けた声を漏らした。次の瞬間《しゅんかん》、武闘場にだけ激しい雨が降り始める。審判員はこれは攻撃魔法に当たるのではないかと思ったが、【ウォーターボール】など水球をぶつけるような魔法ではないし、攻撃《こうげき》しているようには見えないため、とりあえずスルーした。

実際、降っていた雨はすぐさまやんでしまった。武闘場には雨に降られて濡《ぬ》れ鼠《ねずみ》になった二人がいる。

「うーっ！　この服、お母さんに作ってもらったお気に入りなのに……！　もう許さな、うきゃっ⁉」

すてーんっ！　と、リンネが足を滑《すべ》らせてその場に尻餅《しりもち》をつく。足とお尻《しり》に冷たさを感じ、下を見るとまるでスケートリンクのように武闘場が一面、凍《こお》りついていた。

そして目の前を見上げたリンネはそこに二人目の精霊がいることに気付いた。

鏡の精霊よりも少し大人びた容姿を持つ、半透明で翡翠《ひすい》の燐光《りんこう》を纏《まと》う少女の精霊を。

「切り札は最後まで取っておかないとね。エアちゃん、お願い」

『はいはーい。エアリアル、いっきまーす！』

軽い返事とともに、リンネの正面から不思議な力が迫ってきた。

まるで空気を膨《ふく》らませた風船のように、弾力《だんりょく》のある『見えない何か』にぐいぐいとリンネが押《お》されていく。

「な、なにこれ⁉　このっ……！」

それを打ち破ろうとリンネは渾身《こんしん》の右ストレートを『見えない何か』へ向けて突《つ》き出す。

しかし、それがまずかった。

『見えない何か』は破壊されることなく、受け止め切ったリンネの力をそのままクッションのようにボヨヨンと跳ね返す。反動でリンネが氷の上を後方へと勢いよく滑っていった。

「マズっ……！　ぐっ、【グラビっ……】！」

リンネは加重魔法で自らの体重を増加させ、勢いを殺そうとする。しかしながら、自分の放った拳の威力《いりょく》はかなりのもので、その勢いはなかなか止まる事がなかった。

不意にドンッ！　という音がして、気がつくとリンネは武道場の外に立っていた。自分の重さに少し足が地面にめり込んでいる。間に合わなかった。リンネは場外に落ちたのだ。

「あ……」

「じ、場外！　勝者、リンリン殿！」

審判員の声に、客席から歓声と拍手が降り注ぐ。ふぅ、と小さく息を吐《は》くリンリンことリンゼに審判員が近づいていく。

「り、リンリン殿。念のために聞きますが、今のは攻撃魔法《こうげきまほう》ではないのですね？」

「あ、はい。どちらかというと防御魔法《ぼうぎょまほう》、です。柔《やわ》らかい空気の壁で身を守り、衝撃《しょうげき》を跳ね返す魔法です」

「なるほど……。リンネ殿は自分の力で弾《はじ》き飛ばされたわけですな？　申し訳ない、不確かな要素はこちらも確認しなければならないので」

判定に問題無し、と審判員が合図を送る。改めて場内アナウンスがリンリンの勝利を告げた。

足下に視線を落とし、呆然《ぼうぜん》と立ち竦《すく》むリンネの方へとリンゼは向かう。

負けたことがそんなにショックだったのだろうか。なにか変なトラウマにでもなったかと、内心リンゼは焦っていた。

「り、リンネちゃ……」

「風の精霊……」

「え？」

ぼそりと呟《つぶや》いたリンネが困惑《こんわく》したような目でリンゼの方を見やる。

「思い出した。リンリンお姉ちゃんの隣《となり》にいるその子、風の精霊だ……」

『へえ。あたしのことを知ってるの？』

面白《おもしろ》そうに薄緑《うすみどり》の衣《ころも》をまとった半透明の少女が尋《たず》ねると、リンネは素直《すなお》にこくんと頷《うなず》く。

「風の精霊、エアリアル。精霊の中でも一番偉《えら》い、大精霊の一人。でも風の精霊は……！あ、でもこの時代では違うのかな……」

ぶつぶつとなにかを呟きながら、パニックになりつつあるリンネを見て、リンゼがふっと微笑む。切り札であった風の精霊だが、彼女を召喚《しょうかん》すれば正体がバレるかもしれないとは思っていた。エルナの話だと、未来でもリンゼは風の精霊を使役《しえき》しているらしいから。

リンゼの魔法適性は火、水、光である。風は含まれていない。

精霊は魔法と密接な関係にあり、適性がある属性の方が扱いやすい。しかし、リンゼは風の精霊と契約《けいやく》することを望んだ。

通常なら上位精霊である風の精霊が人間と契約することなどありえない。しかし、リンゼは冬夜の妻であり眷属《けんぞく》である。エアリアルからすれば、精霊王たる絶対的主君の妻であるわけで。拒否《きょひ》することはできなかった。決してパワハラではない。

リンネのこの様子だと、母親の使役していた精霊が、過去、別の誰かに使役されていたと誤解している。

悩《なや》み続けるリンネを前に、リンゼはポケットから自分が付けているバッジと同じものを取り出した。

「リンネちゃん……。いえ、リンネ。あなたは強い。でももっと強い人はたくさんいます。あなたの家族だけが強いわけではありません」

「……うん……。ごめんなさい……」

消えそうな声でリンネが謝罪する。控え室でのことを反省しているようだった。実際に負けたのだからリンネにはなにも言い返せない。

「────と、言っても私もあなたの家族なので……。まったく説得力がないですけど、ね」

「……え？」

顔を上げたリンネの胸にお揃《そろ》いのバッジを付ける。このバッジは付けた者同士には幻影《げんえい》の効果を発揮しない。つまり今現在、リンネの目にはリンゼそのままの姿が見えているはずだ。

リンネの目が見開く。

「お、かあ、さん……？」

「あはは……。やっぱりなんか変な感じです。生まれてもいない娘にお母さんって呼ばれるのって……わっ⁉」

リンネが弾《はじ》かれたように地面を蹴り、リンゼに向けて飛びつく。ぎゅううっ、と力を込めて自分の母親である少女にしがみついた。

「お母さんっ……！　おかあさんだぁ……！　あたしの……おっ、おかっ、お母さん、おかぁさんだ……おかぁーさぁん……っ！　うっ、うう、うう〜……うわぁぁぁぁぁん！」

リンゼに抱きついたまま大号泣《だいごうきゅう》するリンネ。リンゼも未来から来た娘を優《やさ》しく抱きしめる。

姉と同じく強気な子だ。きっと今の今までずっと泣きたいのを我慢《がまん》していたのだろう。

涙腺《るいせん》が決壊《けっかい》したように泣きじゃくる娘の涙《なみだ》を、全《すべ》て受け止めてやりたいとリンゼは心から思った。

「やっと、会えた……！　寂しかったよぅ……！」

「うん……うん……。ごめんね……」

時を超《こ》えて出会った親娘は、濡れた身体を温め合うかのようにいつまでも抱き合っていた。

◇　◇　◇

「あ、おとーさんだ」

あれっ、想像してたのより反応が軽いな……。リンゼとは涙の再会だったのに。

リンネは僕を見るなり、こちらへと駆《か》け寄ってきた。そして僕とエルゼ、桜とスゥの周りをくるくると回り、じろじろと遠慮《えんりょ》ない視線を向けてくる。

「な、なにかな……？」

「うーん、スゥお母様以外はあんまり変わらないかなぁ。みんな少しだけ若いけど。つまんない」

「つまんないって……」

「あまり年をとってないってこと？　これって喜んでいいのかしらね……」

顔を見合わせる僕らをよそに、リンネはちょっと不機嫌にぷぅ、と頬《ほお》を膨らませる。いったいどんな姿を想像してたんだ、君は。

「リンネ！　わ、わらわは変わったのじゃな⁉　未来のわらわは大人かや⁉」

「え？　大人だけど……」

リンネの言葉にスゥが食い付く。いや、そりゃ未来なんだから大人になってるだろ。子供産んでるんだし。

「ということはつまり、未来のわらわはボンッ、キュッ、ボンッということじゃな⁉」

「……あー、そう、かな。うん、そうかも……」

「そうか！」

気を使った！　いま絶対この子、気を使ったよ！　ゆっくりとスゥから視線を逸《そ》らすリンネの頭を僕はそっと撫でてあげた。君はいい子だ……。間《ま》違《ちが》いない。

「にしても、あたしを見てみんなもっと驚《おどろ》くかと思ったのになぁ」

「いや、先にエルナと会ったし、君らを含めてもう四人目だからね。城にクーンとフレイがいるよ。城下にはアリスも来てる」

「あ、フレイおねーちゃんとクーンおねーちゃんは来てるんだ。アリスも？　アーシアおねーちゃんが来てないのは意外だけど」

アーシア……。ルーの娘だっけか。そんなにポンポン来られても、お父さんも大変なんですが。

引きつった笑いを浮かべていると、ぐうぅぅぅ……とリンネのお腹《なか》が鳴った。

「おかーさん、お腹減った……」

「え？　ああ、リンネはお昼まだだったの？　えっと……なにか食べたいものある？」

「おかーさんの作ったロールキャベツが食べたい！　おっきいの！」

地球へ行った時、ルーは本屋にあった世界中の料理本を買いまくった。おかげで大抵《たいてい》のものはブリュンヒルドでは食べられるようになりつつある。これも彼女のたゆまぬ努力の賜物《たまもの》であるが、リンゼもよくその手伝いをしてるので、ある程度のものは作れるのだ。

「ロールキャベツは時間がかかるから帰ってからにしよう。とりあえずほら、これでも食べなさい」

僕は【ストレージ】から大きなおにぎりを取り出してリンネに手渡《てわた》した。

「わ！　おとーさん、ありがとう！　いただきまーす！」

元気にばくっ、と大きな口を開けておにぎりを頬張《ほおば》るリンネ。美味《うま》そうに食べるなあ。

もぐもぐと咀嚼《そしゃく》するリンネの頬についたご飯粒《つぶ》を、リンゼが取ってあげている。……なんだろう、和《なご》む。

見た目はミニリンゼだから、こうしていると姉妹にしか見えないけど。

「王様、とりあえず帰る。みんなも待ってるし」

「おっと、そうだね」

桜に促《うなが》され、僕はブリュンヒルドへと【ゲート】を開いた。獣王陛下やグラーツさんには後でお詫《わ》びのメールを送っとこう。

「じゃあみんなで帰ろうか。クーンやフレイもきっと待ってる——」

「あ、おとーさん。あたしたちのスマホ、ガウの大河に落ちちゃったの。……拾ってきてくれる？」

「あ、うん……。いいけど……」

「ありがとう！　おかーさん、行こっ！」

リンゼの手を引き、リンネが【ゲート】をくぐる。苦笑《くしょう》しながらエルゼ、エルナ母娘《おやこ》もそれに続き、スゥ、桜も去っていった。

「いやまあ……。回収しようとは思ってたから、別にいいんだけどね……」

僕は改めてガウの大河へ繋《つな》がる【ゲート】を開き直した。


川底からやっと見つけた二つのスマホを持って城へと戻ると、新たにやってきた娘二人はお互いの母の膝《ひざ》の上で小さな寝息《ねいき》を立てていた。

「二人とも寝《ね》ちゃった？」

「はい。疲《つか》れてたんでしょうね……」

「そりゃそうよ。二、三日とはいえ、ずっと子供二人だけだったんですもの。不安だったに違《ちが》いないわ」

ロールキャベツを食べたであろうテーブルを挟《はさ》んだ、それぞれ違うロングソファの上で、同じように眠《ねむ》るエルナとリンネ。膝の上で眠る娘たちの髪《かみ》を優しくエルゼとリンゼが撫《な》でている。

エルナとリンネはちゃんと財布《さいふ》を持っていたらしく、普通に宿屋に泊《と》まったんだそうだ。正確にはリンネは持ってなくて、エルナが持っていたのだが。まあ、大きなトラブルもなかったようでよかったよ。

「不思議よね……。まだ生んでもいない子供とこうしているなんて。見た目だけじゃなく、この子が自分の娘だって心からそう思えるの」

「うん……。とっても大切な……宝物だね、お姉ちゃん」

ふふっと顔を見合わせて微笑む母親二人。

「さて、このままじゃ風邪《かぜ》ひくかもしれないから二人ともベッドへ運ぼう。【レビテーション】っと」

ふわっと、一メートルほどの高さに浮かんだエルナとリンネを寝室《しんしつ》の方へと運ぶ。子供二人ならベッド一つでも大丈夫《だいじょうぶ》だろ。

「冬夜さん、そっちの寝室じゃなくて、こっちに運んでもらえませんか？　その、私たちも一緒《いっしょ》に寝たいので……」

え？　ああ、じゃあそうするか……。そっちの方はかなり大きなベッドだし、四人で並んで寝ても大丈夫だろう。母娘で川の字になって……いや四人だから川にならんか。

連結してある大きなベッドにエルナとリンネを横たえる。二人も寝間着《ねまき》に着替《きが》えてこのまま寝るらしい。

「じゃあおやすみ」

「うん、おやすみ」

「おやすみなさい」

嬉《うれ》しそうに微笑む二人に就寝《しゅうしん》の挨拶《あいさつ》をして寝室を出る。そういや僕って、まだ子供たちと一緒に寝たことないなあ。そんなことを思いつつ、バタンと扉《とびら》を閉めた。

◇　◇　◇

「リンネ！」

「アリス！」

ダダダッ、と駆け寄ったと思ったらいきなり拳《こぶし》の応酬《おうしゅう》が始まった。二人とも笑いながらやってるんで、再会を喜び、楽しんでいるんだと思うんだが、なんとも心臓に悪い。君ら城門前で何やってんのさ。門番の騎士《きし》の皆《みな》さんが呆れてるぞ……。

「ちょ、冬夜⁉　いきなり殴《なぐ》りかかるなんて、君んとこの子供、どういう教育してんの⁉」

「お前にだけは言われたくないぞ。似たようなもんだろ……」

僕《ぼく》に絡んできたエンデがおろおろとする横で、静かに娘を見守るアリスの母親三人。

「あらあら、楽しそうね」

「ふむ。アリスとだいたい同じくらいの強さだな。アリスの方が可愛《かわい》いが」

「激しく同意」

おいこら、ちょっと待て。うちの子の方が可愛いに決まってるだろう。その目は節穴か。

ちょっと文句を言ってやろうかとしたところでエンデが絡んできた。

「だ、大丈夫だよね⁉　怪我したりしないよね？」

「大丈夫だって。したとしてもちゃんと治すから。未来じゃ日常茶飯事《にちじょうさはんじ》だったらしいぞ。ああやって二人で訓練するのは。な、エルナ？」

アリスと会わせるため一緒に連れてきたエルナに視線を向ける。

「うん。二人ともおんなじような戦闘スタイルだから……いつもああして勝負してたよ。そしてエンデおじさんもいつもそうしておろおろしてた」

「エンデおじさん……」

おじさんという言葉に少なからずショックを受けたのか、エンデの動きが止まる。背後では、ぷっ、とメルたち三人が吹《ふ》き出しそうな笑いを堪《た》えていた。

友達のお父さんなんだから、おじさん呼びは間違いないよなぁ。……アリスは僕のことを一応『陛下』と呼んでくれるから助かった。

一人胸を撫で下ろしていると、僕の袖《そで》をくいっと引くエルナと目が合う。

「お父さん、そろそろ止めた方がいいと思うよ。あの二人どっちも負けを認めないからいつまでも続くよ?」

「おっと、そうか。【氷よ囲め、大いなる氷柱《ひょうちゅう》、アイスピラー】」

「わっ⁉」

「ひゃっ⁉」

リンネとアリスの周囲に氷の柱が次々と地面から伸びて二人を取り囲む。動きを封《ふう》じられた二人は拳でもって砕こうとするが、砕いた端《はし》からまた氷の柱が伸びてくるので、やがて諦《あきら》めたように声を上げた。

「おとーさーん！　これじゃまー！」

「そこまでにしとけ。城下を見に行くんだろう?　遊ぶ時間がなくなるぞ?」

「そだった……」

わかってくれたようで助かるよ。【アイスピラー】の魔法を解除する。

それと同時に城の方からエルゼとリンゼがやってきた。

「お母さん」

「おかーさーん！」

エルナとリンネがそれぞれの母親の元へと駆けていく。

「すみません、お待たせして」

「ごめんごめん、ちょっと遅《おく》れたわね」

娘たちと手を繋ぎながら、アリスやメルたちに謝《あやま》る二人。今日はみんなでお出かけすることになっている。と、いっても、僕とエンデはお留守番だが。

なんでも母親同士で話し合うことがたくさんあるんだとか。親父《おやじ》は親父同士で話し合えってことなんでしょうか？

「夕方までには帰るから。よろしくね」

「じゃあ、冬夜さん。行ってきますね」

「行ってきます。お父さん」

「おとーさん、じゃあねー！」

「行きましょう、アリス」

「うん！　ボクねぇ、パフェ食べたい！」

「エンデミュオン、夕飯はカラエにしてくれ」

「カツカラエ……。いやドラゴンカラエで」

女三人寄ればかしましいと言うが、子供含《ふく》めて八人もいるとものすごい。まあ、常日頃《つねひごろ》からそれは身をもって知っているわけですが。

「「いってらっしゃーい……」」

城門前でエンデと一緒にみんなを送り出す。みんなが見えなくなったところで、どちらともなくため息をついた。

「なんというか……お母さんに比べて、お父さんって軽く扱われてないかな？」

「いやまあ、そんな気もするが……。娘だし、仕方ないんじゃないか？　嫌《きら》われてないだけマシかと思うけど」

二人してなんともやるせない気持ちになるが、まあ、そういうものだと納得《なっとく》するしかない。結局のところ、父親は母親には敵《かな》わないのだろう。

「さて、家に帰ってカラエの仕込みをしないと……」

「お前、所帯染《しょたいじ》みてきたなぁ……」

結婚《けっこん》するんだから所帯染みてくるのはおかしくはないのかもしれないが、それって奥《おく》さんの方かと思ってた。

「冬夜、竜《りゅう》肉持ってたら売ってよ。わざわざ狩《か》りに行きたくないし」

「いや、あるけどさ。なんでお前、持ってないの？　けっこう竜退治してるだろ？」

こいつはこれでも僕と同じ金ランクの冒険者《ぼうけんしゃ》だ。普通《ふつう》の竜とかじゃなく、亜竜《ありゅう》といわれる地竜や飛竜などの指名依頼《いらい》なら何度か受けているはずだけど。

「ハハハ。うちに持って帰った竜肉なんて残っているわけがないじゃないか。その日のうちに無くなるよ」

「ああ、そういう……」

乾《かわ》いた笑いを漏《も》らしながらエンデが遠くを見やる。あの三人、八重よりも食うからなあ……。こいつんちのエンゲル係数って、とんでもないんじゃなかろうか。

なんか切なくなってきたので格安で竜肉を譲《ゆず》ってやった。

エンデはカラエの食材を探しに城下へ行ってしまったので、僕は僕で王様のお仕事をすることにした。

昨日は午後の仕事を放《ほう》り出してミスミドへ行ってしまったからなぁ……。高坂《こうさか》さんに少しお説教された。

子供たちが寝た後でよかったよ。父親の威厳《いげん》がなくなるところだった。そんなものあるかどうかわからないが。

子供たちが来てから、変な姿を見せるわけにはいかないと自分なりに気を使っている。

一応、王様でお父さんだからね。未来の僕もそんなことで苦労しているのだろうか……。

◇　◇　◇

そんなことがあってから三日後。

「アイゼンガルドが？」

「はい。かなり荒《あ》れています。やはり魔《ま》工王《こうおう》という柱が無くなったことが大きいかと」

諜報《ちょうほう》部隊の長である椿《つばき》さんから執務《しつむ》室《しつ》でそんな報告を受ける。

あの国は良くも悪くも魔工王というワンマン国王によって成り立っていた国だ。まあ、本人に国のためなどという殊勝《しゅしょう》な気持ちがあったかは怪《あや》しいが、その技術力によって国が潤《うるお》っていたのは事実だ。

その国の頭脳ともいうべき王が倒《たお》れた時、アイゼンガルドには後継者《こうけいしゃ》がいなかった。いや、あのサイボーグジジイはずっと生き続ける気だったのだろうから後継者なんぞ作るわけがないよな。

アイゼンガルドは世界が融合したときに落ちた流星雨の影響《えいきょう》で大陸から切り離《はな》された。地続きであったガルディオ帝国《ていこく》、ラーゼ武王国とも海を挟んだ別の大陸となってしまった。

幸か不幸か、他国からの侵略《しんりゃく》などを考慮《こうりょ》しなくてもよくなったからか、ユーロンの時と同じくアイゼンガルドはいくつかの勢力に分裂《ぶんれつ》した。ユーロンの時と違うのは、誰《だれ》も魔王の後釜《あとがま》を狙《ねら》わなかったということだ。

国を統一せんと皇帝《こうてい》の座を争ったユーロンとは違って、アイゼンガルドは平和裏にそれぞれいくつかの都市国家として成立しつつあったのだが、ユラが黄金の巨木《きょぼく》を出現させ、アイゼンガルドの住民を変異種化させ始めた。

巨木を僕らが消滅《しょうめつ》させたことで事態は収束したが、変異種化を多く出したアイゼンガルドの北方域は荒れに荒れたらしい。

「そんな中で精霊の集まる聖樹の麓《ふもと》には、新たな町ができつつあるそうです。変異種化……地元では『金花病』と呼ばれておりますが、それにかからずに済むということで……」

『金花病』？　ああ、巨木変異種の胞子《ほうし》を受けた人間が死んで変異種化するやつか。頭に黄金の花が咲《さ》くからそんな名前がついたんだっけ。実際は病気じゃないんだけどな。

確かにあの聖樹には神魔毒を含め、その他浄化《ほかじょうか》の力はあるが……邪神《じゃしん》が倒れた今、もうその心配はないから意味はないんだけどね。

「これに乗じて、金花病にかからずに済むと言われる薬が南方域で出回っているようです。なんでも聖樹の枝をすり潰《つぶ》したもので、定期的に飲めば浄化の作用があるとか」

「聖樹をすり潰した？　あ、そりゃ詐欺《さぎ》だ。あそこに住む精霊たちがそんなこと許すわけがないよ」

なんだろう、災害後には得てしてこういう詐欺が出る気がする。人の不安につけ込んで金儲《かねもう》けをしようとする輩《やから》が多いんだろうな。

もう二度と変異種化は起きないので、薬が偽物だとバレにくい状況《じょうきょう》なのか？

「アイゼンガルドの南方域に『精霊の守る聖樹を傷つけることは誰にもできない』と情報を流しておいて下さい。その薬は詐欺だと。誰も買わなくなれば収まるでしょ」

「わかりました」

ユーロンやサンドラの時みたいに、僕に恨《うら》みを持った連中が暗躍《あんやく》しているわけでもないみたいだ。

まあアイゼンガルドの場合は、魔工王の恐怖《きょうふ》政治とも言える独裁的な国家経営のくびきから外れ、大陸中が迷走《めいそう》していて、それどころじゃないってとこだろうが。

当たり前だが、以前より治安は乱れ、盗賊《とうぞく》、野盗の類《たぐい》が多くなっているらしい。そりゃ詐欺も横行するか。

報告を終えた椿さんが執務室を出ていったあと、誰かが扉をノックする音がした。

「はい、どうぞー」

書類から目を離し、扉に目をやると、もじもじとして扉の隙間《すきま》から顔を覗《のぞ》かせているエルナがいた。

「あの、お父さん、ちょっといいですか？」

「いいよ。どうした？」

おずおずとエルナは執務室へと入ってくる。この子は母親であるエルゼと違って、少し引っ込み思案なところがある。そこらへんはリンゼと似ているんだよな。姿はミニエルゼなんだけれど。

「その、こないだの武術大会でリンゼお母さんが使っていた武器なんだけど、その、あれ、私も欲《ほ》しくて……」

「武器？　ああ、あの杖《つえ》か」

リンゼとリンネが対戦した時、リンゼに渡《わた》した星の短杖だ。あれが欲しいのか。

「魔《ま》法《ほう》の効かない魔物相手だと、私なにもできなくなっちゃうから……。でも、前に出て戦うのはちょっと怖《こわ》いし……。あれなら大丈夫かな、って」

なるほど。だけどあれだとリンゼが使うぶんにはいいけど、エルナにはちょっと大きすぎるかな。

ふむ、ここはお父さんがひとつ新しい杖をプレゼントしようかね。

「よし、じゃあエルナ用に新しいのを作ろう。どんなデザインがいい？」

「あ、ありがとう、お父さん！」

ぱああっ、と笑顔《えがお》になるエルナ。かわうい。うちの娘たちは天使か。親バカにもなるわ。ならん方がどうかしてるわ。

【ストレージ】からエルナ用の杖を作るための素材を取り出す。どーれ、気合いを入れて作るとするかー。

僕らはあれこれと相談しながら製作作業に入り、しばらく父娘《おやこ》水入らずの時を過ごした。

◇　◇　◇

「このクソガキ！　邪魔《じゃま》するんじゃねえ！」

チンピラが持ったナイフが少女へと迫《せま》る。紙一重《かみひとえ》でそれを躱《かわ》した少女は、伸びてきたチンピラの手を極《き》めて捻《ひね》り、腕《うで》一本で相手を地面へと叩《たた》きつけた。

「ぐえっ⁉」

少女は凛《りん》とした佇《たたず》まいで手をはたく。臙脂《えんじ》色の袴《はかま》に藤色《ふじいろ》の小紋《こもん》、編み上げのブーツといった、地球でいうところの大正女学生風の少女だが、腰《こし》には物騒《ぶっそう》な大小の業物《わざもの》が添《そ》えられている。

髪は腰まで長く、前髪《まえがみ》は眉《まゆ》の上で綺麗《きれい》に切り揃えられていた。黒い瞳《ひとみ》に黒い髪。ここ、アイゼンガルドではほぼ見ない色である。

「これに懲《こ》りて詐欺《さぎ》紛《まが》いの商売はやめるでござ……やめなさい。人の不安につけ込んでお金を儲《もう》けるなど、最低の行為《こうい》です」

「ぐっ……！」

起き上がった男はよろめきながら後ずさり、脱兎《だっと》のごとく逃《に》げ出した。チンピラ特有の捨《す》て台詞《ぜりふ》も忘れない。

「お、覚えてやがれ！」

「あいにくと覚える気はないです」

無様に逃げていく男を一瞥《いちべつ》しつつ、少女は地面に散らばった薬包をひとつ摘《つま》み上げる。

先程《さきほど》の男がさばいていた偽薬《ぎやく》だ。

「聖樹の枝をすり潰した薬など……少し考えればわかりそうなものですが。いや、この時代ではまだ、聖樹のことがそこまで知られていないのかもしれませんね」

少女はふと、薬包を開封《かいふう》してみた。薬包紙の中には薬と思われる粉が入っていたが、それを見た少女の眉間《みけん》が僅《わず》かに寄せられる。

「黄金の薬……？」

薬包紙の中には砂金、いや金粉のような、黄金に輝《かがや》く粉が、ティースプーン一杯《ぱい》分ほど入っていた。

確かに聖樹の枝をすり潰したものだ、と言われれば信じてしまいそうなありがたい雰囲気がある。

だが少女はその粉の輝きに不穏《ふおん》さを感じた。直感、と言ってもいい。その薬に怪しさを感じたのである。

「父上ならすぐに分析《ぶんせき》できるんでしょうけど」

分析魔法《アナライズ》を持つ父親のことを思い出しながら、少女は薬包紙を元に戻《もど》し、落ちたものも拾い集めて懐《ふところ》へと入れる。

「少し調べてみるでござ……コホン、みましょうか」

油断すると素の口調になるのを抑《おさ》えつつ、少女は逃げた先ほどの男を追い始めた。

「えいっ！」

エルナの放った水晶《すいしょう》の星が回転しながら飛び、リンネへと向かう。愛用のガントレットを握《にぎ》りしめ、それを迎《むか》え撃《う》つリンネ。

「ふんっ、さいっ！」

ガキャアッ！　っと派手な音を立ててぶつかったガントレットと星は、どちらも砕《くだ》けることはなかった。弾かれた星が大きく弧《こ》を描《えが》いてエルナの下に戻り、構えた杖にドッキングする。

砕けなかった星を見て、隣のリンゼが呟く。

「私のより硬《かた》いですね」

「エルナの杖は晶材《しょうざい》でできているからね」

当然、あの星も晶材でできている。僕の魔力《まりょく》をかなり注ぎ込み、充分《じゅうぶん》な硬度《こうど》を持たせた。リンネのガントレットも同じ硬度を持っているようだが。未来の僕め、気合い入れたな？

「ふっ！」

地面を蹴《け》って、リンネがエルナに肉薄《にくはく》する。エルナに繰《く》り出したリンネのローキックが不可視の障壁《しょうへき》に阻《はば》まれた。

エルゼが、へえ、と声を漏らす。

「杖本体にも【シールド】の効果があるのね」

「近付かれた時の保険にね。それだけじゃないぞ。ほら」

エルナが杖をくるりと回すと、杖の先にある星からキラキラとした光が放たれる。

クルンと彼女《かのじょ》が一回転すると、まるで土星の輪のようにエルナの周りに光のリングができた。

「【ブースト】っ」

母親と同じ魔法《まほう》を使い、強化した脚力《きゃくりょく》で地面を蹴ると、エルナは四メートルほどの高さまで飛び上がり、そのまま空中に静止してしまった。うまく使いこなしてるな。

「空も飛べるんですか……？」

「空に逃げられれば安全だろ？　矢とか飛んできても【シールド】があるし」

「ちょっと冬夜《とうや》。いくらなんでも過保護過ぎない？　あたしとしてはありがたいけどさ」

うん、まあ、エルゼの言う通り、ちょーっと、調子に乗ったかもしれない……。だってさ、『お父さん、すごい！』って、いちいち素直に喜んでくれるんだもの。こうなりますよ。

とりあえず充分な性能を示せたので二人の模擬《もぎ》戦を終わらせた。

「エルナお姉ちゃん、いいなぁ。あたしも空飛びたい」

「えへへ。でもリンネは地面を踏《ふ》んでいないと技の威力《いりょく》が出ないと思うよ」

「そうだけどぉ……」

にこやかに笑顔を浮《う》かべるエルナと対照的に少し拗《す》ねた感じのリンネ。そしてもう一人、うずうずして駆け出そうとするのを母親に止められている子がいたりする。

「エルナ！　次は私なんだよ！　私と遊ぶんだよー！」

「あっ、フレイ!?　もうっ……！」

首根っこを押《お》さえていたヒルダを振《ふ》り切ってフレイが突撃《とつげき》していく。さすがは武器マニア。未知の武器を見て堪《たま》らなくなったらしい。我《わ》が娘ながら少し残念だが、そこも可愛く見えてしまうのは親の欲目だろうか。

「普段《ふだん》は大人しくていい子なんですけれど……なんで武器のことになるとあんな風になるのか……」

「まあまあ」

ため息をつくヒルダを慰《なぐさ》める。それもフレイの個性ってやつだからさ。無理矢理《むりやり》相手にさせられているエルナはちょっとかわいそうだけれども。

　エルナ対フレイの戦いが始まった。直接的な魔法は禁止となっているから、さすがにエルナに分が悪いかな。フレイにも【ストレージ】による武器換装《かんそう》は無しとなったみたいだけど。

　あくまでこれはエルナが『星の杖』に慣れるための訓練なんだから、勝ち負けは必要ないんだよね。フレイも武器性能を体感できれば満足だろうし、キリのいいところでやめさせないとな。

「ねぇねぇ、おとーさん」

「ん？　どうした、リンネ」

　くいくいと袖を引かれて、視線をリンネへと落とす。

「あのね、こないだアリスと話してたんだけど……。おとーさん『ゆーえんち』はまだ造らないの？」

「はい？」

　ゆーえんち？　ゆーえんちって、遊園地？　ちょっと待て、未来の僕ってそんなもん造ってたのか!?

　まさか自分の子供たちのために？　いやいや、そこまで親バカじゃない……と信じたい。

国民のために娯楽施設《ごらくしせつ》を、って考えたに違いない。……たぶん。

「ちなみにそれってどういう……」

「えっとねー、観覧車があって、じぇっとこーすたーがあって、あとパレードも……あ、見せた方が早いのかな」

リンネはごそごそとポケットを探し、僕が川底から回収してきたスマホを取り出してちょこちょことフリックし始めた。川に落ちたところで【プロテクション】がかけられているあのスマホは故障することはない。リンネもエルナも普通に使っている。

「ほらこれ」

「っ⁉」

笑顔と共にリンネが差し出してきた画像には、同じように笑顔で微笑《ほほえ》むリンネと、少しだけ大人になったリンゼが映っていた。二人ともいかにも遊園地といった場所で、ツーショットで映っている。

リンネがフリックするたびに、エルナとのツーショット、アリスと大人エルゼ、リンネのツーショットなど、僕にとってお宝写真が流れていく。

もっとしっかり見ようと前のめりになった時、ひょいとリンネのスマホが横から伸《の》びた手につまみ上げられてしまった。

「はい、そこまで～、なのよ」

「花恋《かれん》姉さん⁉」

いつの間にか僕の横に、リンネのスマホを取り上げた花恋姉さんが立っていた。わざとらしくため息なんかつきながら、リンネへと視線を向ける。

「リンネちゃん、あんまり未来の情報を話すのはダメなのよ？　時江《ときえ》おばあちゃんに言われたでしょう？　冬夜君の楽しみを奪《うば》っちゃかわいそうって」

「あ、そだった……」

リンネが花恋姉さんに言われて、しまった、という顔をする。いや、少しくらいいいいんじゃないですかねえ！

未来の話を聞いて未来が変わりそうなら時の精霊《せいれい》とやらが修正してくれるんでしょう？　ならちょこっとくらいいいいと思うんだけどなぁ。

確かに先がわかっているとその時に生まれる喜びは半減するかもしれないが、それまでの時間を楽しめるとも考えられるわけで。

「花恋お姉ちゃん、ごめんなさい……」

「ま、別に遊園地のことは構わないのよ。ただ、その写真の中にはまだ来てない子らも映ってるでしょう？　初めて見る子供のその姿は、やっぱり写真じゃなくて、本物を見て欲しいのよ」

うぬう。言いたいことはわかるけどさ。って言うか、遊園地のことはいいのかよ。

「建設現場は城下町から南西が最適なのよ」

「え？　それって造れってこと？」

「『工房《こうぼう》』があるのよ？」

いや、そうですけれども。遊園地をブリュンヒルドに？　工事自体は『工房』があればできなくはないけれども、素材は必要なんだぞ？　安全性を高めるならいろんな【エンチャント】を施《ほどこ》さなきゃならないし。それやるの僕なんですけど？

「ううん……。ん？」

僕が考え込んでいると、じっとこちらを見つめる小さな瞳が二つ。母親と同じ青い目で、期待した眼差《まなざ》しを向ける僕の娘リンネ。

この攻撃《こうげき》に耐《た》えられるほど、僕は場数を踏んじゃいない。

「と、とりあえず……。高坂《こうさか》さんと話をつけてから、ね……」

「うんっ！」

こうしてリンネのおねだりにより、ブリュンヒルドに遊園地計画が持ち上がったのである。

◇　◇　◇

「ふむ。悪くはないと思います。この国に観光客が集まれば、町も潤い、国も潤います。ですが、全《すべ》て陛下一人でやるのはおやめください。建設を請《う》け負《お》う者たちから仕事を奪うことになりますからな」

高坂さんから許可はもらえたが、ぶっとい釘《くぎ》を刺《さ》された。ううむ。『工房』で造ってしまえば三日とかからずできるんだがなあ。

まあ、観覧車とか、ジェットコースターとか、そういう部分はこちらで造るんだけれども。土台の部分は土木作業用の魔導機械、ドヴェルグや土魔法の使い手がメインとなってやってくれるみたいだが。

数ヶ月もあればそっちは出来上がるんだそうだ。土台が出来上がってから、僕が『工房』で造ったアトラクションを設置すればいいか。

とはいえ、僕一人でジェットコースターなんかを造ることはできない。それはバビロン博士に丸投げかな。僕は観覧車とかメリーゴーラウンドとか、動きが簡単な方を担当しよう。

とりあえず博士に話をするためにバビロンへと転移した。

「わざわざ造らなくても遊園地なら似たようなのが『蔵《くら》』の中にあるけど」

「もうあるのかよ！」

僕の話を聞いた博士がこともなげに言い放った。いや、遊園地だぞ⁉　そんなものが『蔵』のどこにあるってんだ⁉

「時空魔法を使えば別空間に保存しておけるじゃないか。箱庭シリーズとしていくつか造った中の一つだよ」

「ああ、そういや前にみんなでサイコロの中に閉じ込められたっけ……」

以前、『蔵』の整理をしていた時に、不思議なサイコロの中にみんなで閉じ込められて、双六《すごろく》のようなゲームをやらされたことがある。

サイコロの中は広く、時空魔法を応用した擬似《ぎじ》空間となっていた。構造的にはバビロンの『格納庫』と同じである。アレと同じタイプの魔道具《アーティファクト》か。

「まだ使えるのか？」

「そりゃ保護魔法をかけているから五千年経《た》っても大丈夫さ。ただ、現代人の感性だと面《おも》白《しろ》いかどうかわからないけどね。五千年前のボクらは魔法ありきの生活だったから」

古代文明の人たちが楽しんだ娯楽施設が、現代人に馴染《なじ》むかは微妙《びみょう》なところかなあ。古代マヤ文明ではサッカーのような球技があったけど、ボールは処刑《しょけい》された人間の頭だったとか聞いたことがある。

ともかくそれなら子供たちと遊べる施設《しせつ》になるかな？　ただ、これだと一般《いっぱん》公開はできないから僕ら専用の施設ってことになってしまう。遊園地とかああいうのって、他の人たちもいるから楽しいって部分もあるからなあ。

あ、でも使えるのがあれば取り外してブリュンヒルドの遊園地に設置するってのアリか。とりあえずみんなが楽しめるものだといいけど。

「危険はないんだな？」

「ないよ。ああ、驚《おどろ》かすようなものもあるから、気の弱い人はやめた方がいいかもしれないけど」

ああ、ジェットコースターとかスリルを味わうタイプのやつかな。ああいうのは慣れな

い人だと気持ち悪くなるかもしれないからな。

「古代文明の遊園地ですか……。どんな魔工機械が使われているか興味がありますね」

『研究所』に入り浸《びた》っていたクーンが僕らの会話に入ってきた。好奇心《こうきしん》の旺盛《おうせい》さは母親譲りである。まあ、魔道具《アーティファクト》である以上、黙《だま》っているとは思わなかったけどさ。

「お父様。その箱庭、私も入ってみたいのですけれど……」

「いや、どんなものかまだわからないし、なにか他に危険なものがあるかもしれない。クーンが入るのはまた今度……」

に、と言いかけて、言葉が止まる。僕を見上げるクーンの悲しそうな顔に胸が締《し》め付けられた。……くっ！　それ反則だろ!?　っていうか、絶対作ってるよね、その顔!?

「お父様……？」

「……こ、今度、じゃなくても、いい、かな……。博士も安全だって言ってるし……」

「ありがとう、お父様っ！」

うるうるしていた瞳を喜びで輝かせて、クーンが僕に抱《だ》きついてくる。くそぉ、してやられたとわかっちゃいるけど、許しちゃう自分が情けない！

「チョロいなあ」

「チョロいわねー」

『チョロいのである』

バビロン博士、エルカ技師、フェンリルの声が聞こえてくる。うるさいやい。こんなの無条件降伏《こうふく》するに決まってる。勝てない戦はしないのだ、僕《ぼく》は。

しかしリンネの時といい、クーンの時といい、僕って娘《むすめ》たちに手玉に取られてないか……？

「そうと決まればみんなを呼びましょう。あ、アリスも呼びませんと」

僕から離れたクーンが善は急げとばかりに、スマホで電話をかけ始めた。うわぁ、なんか大ごとになりそうな予感がプンプンするぞう……。

◇　◇　◇

「で、冬夜。本当に危険はないんだよね？」

「ない。……たぶん」

エンデからの厳しい視線を逸《そ》らす。そう言われても入ったことがないから僕にもわからんよ。

　バビロンの『庭園』には、クーンが呼び出したみんなが集合していた。プラス、アリス一家もお呼ばれしている。当然ながら父親であるエンデもだ。

　こいつらにはもうすでにバビロンの存在は知られているからいいんだけど、娘以上に母親三人が何かしでかしそうで不安だ……。

　僕らの目の前では博士がサイコロ状の魔道具《アーティファクト》の表面にピピピッ、とタッチパネルのごとく素早《すばや》く指を走らせていた。

　上の部分がガラス張りのようになっていて、中身が見える。小さくてよく見えないが、まるでジオラマのような箱庭が広がっていた。海あり森ありと遊園地といえば遊園地に見えないこともない。

「よし、じゃあ時間は八時間としとこう。時間になれば自動的にここへ戻ってこられるから心配ない。たとえ迷子になっても大丈夫《だいじょうぶ》だよ」

「え……ちょ、ちょっと待って下さい。迷子になるほど広いんです、か？」

　博士の言葉にリンゼが待ったをかける。遊園地で子供がはぐれて迷子になるなんて、よくあるシチュエーションだけど、何時間も一人っきりってのはさすがに心配だ。

「中はそれなりに広い敷地《しきち》だからね。でもまあ、迷子になったとしても冬夜君の【サーチ】

ならすぐに探せるだろ？」

「前の双六みたいに魔法が使えない状態になるんじゃないんだな？」

「一部の施設は魔法でやってしまうと面白くないので封印《ふういん》結界やそういったものがあるけど、遊園地自体は大丈夫だよ」

魔法を使えるとつまらなくなる……体感アトラクション的な物があるってことか？　安全性が確かなら問題ないけど……。

「おとーさん！　行こ！　早く行こ！」

きらっきらの目で僕を見上げるリンネには悪いが、内心、僕はいくばくかの不安が拭《ぬぐ》えないでいる。

果たしてこの異世界の遊園地は僕の知っている遊園地と同じものなのか。あの双六の時みたいに酷《ひど》い目にあいやしないかという不安だ。

「ボクは遠慮《えんりょ》しとくよ。やることが他にあるんでね。シェスカを案内に付けるから家族水入らずで楽しんでくるといいさ」

「オ任せ下さイ。遊園地の情報は全て覚えテおりまス」

博士の言葉に横に控《ひか》えていたシェスカが任せろ、とばかりに胸を軽く叩く。え、お前来んの……？　不安が増したんだけど……。

「じゃあ開くよ」

ピッ、と博士がキューブ状の箱庭に触《ふ》れて素早く離れると、箱の上部が少しだけ円形に開いて、ヒュオンッ！　という音とともに周りにいた僕らは箱庭に吸い込まれた。

「いってらっしゃーい」

博士のそんな声を聞きながら、僕は意識が暗転するのを感じた。

◇◇◇

「お父さん……お父さんっ」

「う……？」

チチチ……という小鳥の囀《さえず》りの中、エルナに揺《ゆ》さぶられて僕は目を覚ます。

起き上がると、広い芝生《しばふ》の上に僕らは倒れていた。僕らの近く、つまり芝生の中心にバビロンの施設にあるのと同じ黒いモノリスが立っており、その周りをぐるりと円形に白い金属的な柱で造られた、門のような物が取り囲んでいる。あれだ、まるでイギリスのストーンヘンジのようにも見える。

ストーンヘンジであればトリリトンと呼ばれる門状のその先には、どこまでも草原が広がっていた。

みんなも起き上がり、ポカンとした表情で門の先を眺《なが》めている。

「……なんだこれ？　これが遊園地？」

「ココは博士の遊園地……バビロンパークの、いわば入場門のようナものでス。少々オ待ちを」

『庭園』にあるモノリスと同じようにシェスカが芝生に立つモノリスを操作する。

やがて空中に遊園地の全体マップのようなものが浮かび上がった。なにやら文字が書いてあるが読めない。古代パルテノ文字か。

「バビロンパークにはそれぞれイロんなテーマに沿った遊具施設、娯楽施設がアリます。例えばコの【闇《やみ》】エリアでは、擬似的《ぎじてき》な心霊《しんれい》現象による恐怖心《きょうふしん》やスリリングさを楽シめまス」

「ひぃ……」

「お母さん？」

変な声を小さく上げたエルゼにエルナが視線を向ける。あー、ホラーハウス系のアトラクションか。エルゼは苦手そうだな。

娘から向けられた訝《いぶか》しげな視線に、咳払《せきばら》いをひとつして『なんでもないわ』と笑顔で答えるエルゼ。

娘の手前ということに免《めん》じてか、他のみんなからツッコミが入ることはなかった。

「よくわからないけど、まずはみんなで遊べるようなやつがいいんじゃないかしら」

「ですね。初めから過激なものは避《さ》けた方がいいかと」

リーンとユミナがそんな話をしている。彼女たち、つまり僕の奥《おく》さんたちだが、今まで見せた映画のデートシーンなどで、いくつかの遊園地を観ている。おおまかにだが、遊園地がどういうものか知識としては知っているのだ。

「私《わたくし》はあの馬の乗り物がぐるぐると回るものに乗ってみたいのですけれど」

「あー、それメリーゴーラウンドって言うんだよ、お母様。私も好きなんだよ」

ヒルダの言葉に彼女と手を繋《つな》いだフレイが、にぱっと笑いながら答える。どうやらフレイは未来の世界で僕が造ったメリーゴーラウンドに乗ったことがあるらしい。騎士《きし》だけに馬には興味があるようだ。

しかしアレは地球の遊園地のやつで。古代文明の遊園地にあるかね？

「馬でスか。馬ではアりませンが、魔法生物に乗る娯楽施設はアりまスが」

「魔法生物？　魔法で動く擬似的な動物ってこと？」

「そのよウなものでス」

魔法仕掛《まほうじか》けの動物か。地球で言うところのアニマトロニクスってやつだろうか？　ゴーレム馬とか？

「魔法の動物⁉　乗ってみたい！」

「よし、モチヅキトウヤ。それに決定だ」

アリスがわくわくした目で声を上げると、即座《そくざ》にネイが僕に向けてそう言い放った。ここにも親馬鹿《おやばか》がおるわい。

「自然と戯《たわむ》れるコトのできル【地】エリアでスね。ではそちらデ。【地】エリアの扉《とびら》に繋ぎまス」

マップの一点が点滅《てんめつ》する。それと同時に、門《トリリトン》の一つが同じように点滅していた。【ゲート】のようにポイントトポイントに転移して移動できるらしい。

シェスカの先導で僕たちも門をくぐり転移すると、そこは緑の野原が柵《さく》で囲まれた牧場のようなところだった。んん？　とても遊園地のようには見えないんだけど……？

「あ。おとーさん、あれ！」

「え？」

リンネが指し示した先には何やらポヨンポヨンと跳《は》ね回る物体が。バランスボールのような大きさで形もそれに近い。赤、青、緑、黄色にオレンジと色々とカラフルな色が揃《そろ》っている。しかも背中に何やら鞍《くら》のようなものが付けられているぞ。あれって……。

「スライム乗り場でございまス」

シェスカの言葉に僕の奥さんの何人かが露骨《ろこつ》に嫌《いや》な顔をした。

◇　◇　◇

「ぷにぷにしてる〜！」

「ひんやりしてる……」

「かわいいいね！」

「かわいいんだよ〜」

「どう育てたのか興味あるわね」

アリスを含《ふく》めた子供たちがポヨンポヨンと弾《はず》むスライムを取り囲んでいる。

オレンジ色のそれはバランスボールほどの大きさで、丸いボールが重力で少し潰《つぶ》れたような形態をしている。

ゲームで言うところの『かわいいスライム』だ。ちなみに僕の知っているスライムは『かわいくないスライム』で、ゲル状の這《は》い寄る物体である。アレに比べたら確かにかわいいけど……。

「触《さわ》って大丈夫でしょうか……？」

「緑のヤツは絶対イヤ！」

「溶《と》けたりしませんよ、ね……？」

「今のうちに斬《き》り捨てた方がよいのでは……」

ユミナ、エルゼ、リンゼ、八重《やえ》の四人が死んだような目でスライムを見ている。気持ちはわかるけど……。

この四人（僕もだけど）は以前、スライムで酷い目にあっている。

古代魔法文明ではスライムの研究もかなり進んでいたと聞く。このスライムたちはかなり人に慣れているように見えるけど……。

「敵意は感じられぬのう」

「個体としての能力は削《そ》ぎ落とされているのかしらね。この子、見た目はレッドスライムなのに冷たいわ」

スゥとリーンが赤いスライムにペタペタと触っている。アレが本当にレッドスライムなら、その体は結構な熱を持っているはずだ。なのに冷たいというのなら、その種族特性が無くなっていると考えられる。

つまりアレらは色が違《ちが》うだけで、全部同じ乗りスライムということか？

「よっと！」

アリスがピンク色をしたスライムの鞍に跨《また》がる。鞍の前には自転車のハンドルのようなものがつけられていて、それをアリスは両手で握っていた。

ポヨンポヨンとアリスを乗せたスライムが跳ねながら前進する。おお、スライムライダーが誕生した。

「おもしろーい！　それっ！」

アリスが体重を前へ傾《かたむ》けるとスライムは速度を上げて前進する。ポヨン、ポヨン、と跳ねていたのが、ポヨポヨン、と跳ねる高さが低くなり、スピードがアップした。やがてポヨヨヨヨヨン、と地面を這うように走る状態までになる。速さは自転車と同じくらいか？

「あたしも乗る！」

アリスと同じようにリンネも手近なスライムに跨って走り出した。残りの子供たちもそれぞれ別々のスライムに乗って野原へと駆《か》け出していく。

「楽しそう。私も乗る」

「わらわも乗るぞ！」

桜とスゥも近くにいたスライムに飛び乗って子供たちを追いかけ始めた。

「メル様、私たちも！」

「私はいいわ。ネイとリセで行ってあげて」

続けとばかりにネイとリセも馬上……いや、スライム上の人となった。

……僕も乗ってみようかな……？

近くの黒いスライムに近づき、鞍に手をかける。スライムは逃げることなくその場に留《とど》まっていた。思い切って鞍へと跨る。

「おっとっと、うおっ⁉　うわっ⁉」

僕が乗った瞬間《しゅんかん》、黒いスライムがポヨンポヨンと暴れ出し、まるでロデオマシーンに乗っているかのように振り回される。ちょっ、止まれって！

「あいたっ⁉」

ぶおんっ、と黒スライムに投げ出され、したたかに背中から草むらに落とされる。いたたた……。

「大丈夫ですか？　冬夜様？」

「ああ、大丈夫《だいじょうぶ》大丈夫。そんなに痛くないよ」

ルーが心配して駆け寄ってくる。けっこうな勢いで放《ほう》り出されたのだが、それほど痛くはなかった。どうやらこのフィールドにはダメージ軽減の効果が付与《ふよ》されているらしい。どうせなら完全ダメージ無効にしてほしかったが。あれか？　痛みがないと覚えないからとかか？

魔法が使えないから身体強化もままならないし、バランスを取るような乗り物は苦手なんだよ……。

「ぷっ。なんだい、冬夜。情けないなあ」

「お前な……けっこう難しいんだぞ。自分で乗ってみろよ」

吹《ふ》き出したエンデにちょっとムカッときて、僕は振り落とされた黒スライムを指差す。たぶんあいつは気性《きしょう》の荒《あら》いスライムだ。暴れ馬ならぬ、暴れスライムだと見た。

僕の言葉に対し、余裕綽々《よゆうしゃくしゃく》とエンデは黒スライムに近寄り、その鞍の上にひらりと飛び乗った。

「こんなスライムくらい簡単に……おっ、ととと。く……！」

エンデが鞍に乗った瞬間、先程《さきほど》と同じように激しく暴れ出す黒スライム。跳ねたり回転したりとエンデを容赦《ようしゃ》なく振り回す。僕よりも粘《ねば》っているが、とっくにエンデからは余裕《よゆう》の表情が消えていた。いけっ、そこだ！　振り落とせ！

「うわっ⁉　ちょっ……！　あいたっ⁉」

急停止した黒スライムからエンデが前方へと振り落とされた。見事に一回転し、背中から落ちる。さらにトドメとばかりに小さく跳ねた黒スライムに、ぶぎゅると踏まれた。ざまぁ。

「ぷっ。おやおや。情けないですなあ、エンデ君」

「……誰《だれ》かさんよりは僕の方が長く乗れたけどね」

引きつった笑いを浮かべ、僕を睨《にら》むエンデ。ああ？　やるか、こんにゃろう。

「あれ？　おとーさんたち乗れないの？」

「うーん、お父さん……ちょっとカッコ悪いかなあ……」

「え……？」

睨み合っていた僕らが顔を横へ向けると、目をパチクリとさせたリンネと苦笑いしたアリスがいた。

「ちょっ、リンネ⁉」

「いやっ、アリス！　今のは……！」

「リンネ、アリス。お父様たちを甘《あま》く見てはいけないわ。さっきのはきっと落ちた時の安全性を確認《かくにん》していたのよ。そうですわよね、お父様？」

弁解しようとした僕らより先に、二人の後ろからスライムに乗ったクーンがやってきて、そんな言葉を投げてきた。その顔には母親であるリーンが、僕をからかう時とそっくりな笑《え》みが浮かんでいる。怖っ！　わかってて言ってるよ、この子！

「そうなの？　おとーさん？」

「あー……ま、まあね！　ここら一帯には衝撃《しょうげき》を吸収する付与があるみたいだから、その確認のためにね。なあ、エンデ？」

「えっ!?　あ、ああ、そうとも！　思いっきり落ちてみないと、どれぐらい吸収されるかわからないからね、こういうのは！」

僕に話を振られたエンデが首肯《しゅこう》しながらアリスに答える。くっ、クーンに踊《おど》らされているとわかっていても、つい見栄《みえ》を張ってしまう。エンデも同じ気持ちを味わっているに違いない。

「そうなんだぁ、ボクてっきり下手で乗れないのかと思った。お父さんたちが乗れないわけないよねぇ」

ぐふっ!?　屈託《くったく》のない笑顔《えがお》で放ったアリスの一言が僕らの胸に深く突《つ》き刺さる。僕よりも実の娘に言われたエンデの方がダメージが大きかったようで、どんよりとしたオーラを纏《まと》って肩《かた》を落としていた。

ポヨンポヨンと、はしゃぎながら立ち去った子供たちを見送り、僕らはゆっくりと立ち上がった。

「……安全性は確認できた。これで安心して子供たちを遊ばせることができるな」

「ああ、そうだね。でもあの黒いのには乗せない方がいいな。ヤツは危険だ」

「二人トもダメ親父《おやじ》でスね」

うるさい。後ろから飛んできたシェスカの言葉をスルーする。あんなの乗れなくたって死にゃしないからいいんだよ。

「ここはスライムに乗るだけの場所なんです、か？」

「基本的にはソウでス。安ラぎと癒《いや》しが【地】エリアの特徴《とくちょう》でスのデ。お弁当ナドを広げ、ゆッくりとくつろぐ場所デございまス」

リンゼの質問にシェスカが答える。うーむ、だとしたら順番を間違《まちが》えたな。昼ごろに来るべきだったたか。

子供たちは喜んでくれているみたいだからいいんだけど。

子供たちに加えて、スゥと桜、ネイとリセも遊んでいるけど。

「おかーさーん！」

リンネが手を振りながらこちらへと跳ねて来る。それに対してリンゼも手を振《ふ》り返しているけど、近づいてくるスライムのせいか、若干笑顔《じゃっかんえがお》が引きつり気味だな。

「おかーさんも乗ろっ！」

「えっ……」

あ、完全に引きつった。

「あたし、おかーさんと一緒《いっしょ》に乗りたい！　乗せてあげる！」

「えええええっと、あっ、あのね、リンネ。そっ、その……、あっ、そのスライムじゃ小さくて一緒には乗れないと思う、なぁ……」

なんとか笑顔を取り繕《つくろ》いながらリンゼがそう返すと、シェスカが口を挟《はさ》んできた。

「大丈夫でス。同じ色の二匹《ひき》を合体させルとスライムは大きくナリ、二人乗りになりますので」

余計なことを！　と、笑顔のリンゼがシェスカを睨む。ちょっと涙目《なみだめ》だ。気持ちはわかる。

クーンが自分の乗るスライムと同じ色のスライムに近づく。ピタリと触れてしばらくすると、一部分が連結し、まるで串《くし》に刺さった団子のようにくっついた。……なんかじいちゃんがやってた四つ繋げると消えてしまう落ちモノのパズルゲームを思い出した。

「あら、本当。二人乗りになったわ。お母様、乗ってみます？」

「そうね、乗るだけなら。手綱《たづな》は任せるわ」

リーンがそう言って、クーンの乗るスライムに連結された別のスライムに跨る。

「お母様も乗ってほしいんだよ！」

「え、私《わたくし》もですか？　まあ、いいですけれど……」

次に、フレイに誘《さそ》われたヒルダが馬に乗るようにひらりとスライムに跨った。二組の母と娘がこうなると、残りの二人も期待を込めた目で自らの母を見つめている。

「「うう……」」

シンクロしつつ、お互《たが》いの顔を見合わせるエルゼとリンゼ。やがて精一杯《せいいっぱい》の笑顔で娘たちに答える。

「「じ、じゃあ、乗ってみようかなぁ……」」

折れた。母親も娘にゃ敵《かな》わないのだろうか。

にこにことするエルナとリンネの後ろのスライムに、それぞれエルゼとリンゼがおっかなびっくりと跨った。プルプルとスライムが震《ふる》えるたび、お母さんの双子《ふたご》はビクッ！　と身を竦《すく》ませる。

「ひぃ……プニプニする……！」

「と、溶けないですよ、ね……？」

二人が跨ったのを確認すると、エルナとリンネがスライムを前進させた。エルナの方は気を使ったのか、ゆっくりとした進みだったのだが、リンネの方はテンションが上がったのか、急発進だった。

リンゼが声にならない悲鳴を上げ、遠ざかっていく。だ、大丈夫だよ、ね……？

「拙者《せっしゃ》たちは子供がここにいなくてよかったと喜ぶべきなんでござろうか……」

「素直《すなお》に喜べませんね……」

八重とユミナが難しい顔をして走り去ったリンネたちの方を見遣《みや》る。親の方はさておき、子供たちは楽しんでいるみたいだから、喜ぶべきところなんだと思うよ。たぶん。

◇　◇　◇

「楽しかったんだよ！」

キラッキラの笑顔でそう宣《のたま》うフレイさん。……そりゃよかった。

他《ほか》の子供たちも満喫《まんきつ》したようで、スライムから降りた後もみんなはしゃいでいた。

最後の方はみんなで輪になってぐるぐると回っていたからな。とんでもないメリーゴーラウンドだった。

大人の方はエルゼとリンゼがいささか憔悴《しょうすい》している。特にリンゼが酷い。笑顔を浮《う》かべているが、目が死んでいるぞ。

「つ、次はゆっくり、ゆっくりできるところ、に、行きたい、です……」

震えるような小さな声でリンゼがつぶやく。ううむ、一人だけジェットコースターを先乗りしたような感じになってしまったからなあ……。リンネがものすごい勢いで飛ばすから……。

心配するリンネには軽い乗り物酔《よ》いだから、と言っておいた。実際そうなのだけど、軽くはない。乗り物酔いは【リカバリー】じゃ治らないんだよね……。

「ふム。ゆっくりできるトコロ……ココがゆっくりできるトコロなのでスが」

「ここは違います……ッ！」

「おおウ」

しれっとシェスカが答えると、リンゼが血走らせた目で彼女《かのじょ》の肩を掴《つか》んで揺さぶった。

「ま、まあまあリンゼ殿《どの》。つ、次はどこに行くでござるか？　拙者としては乗り物ではなく、こう、体を動かすようなところがよいのでござるが」

シェスカからリンゼを引き離《はな》しながら、八重が希望を述べると、賛成！　と、フレイ、リンネ、アリスの三人も勢いよく手を挙げた。

「身体を動かすトコロ……でスか？　デあれば……【闇】エリアでしょウか」

「ちょ、ちょ、ちょっと待って！　【闇】エリアって、さっき言ってた心霊現象とか、そういうところでしょう!?」

シェスカの言葉に慌《あわ》てたようにエルゼが声を上げる。エルナがキョトンと、なんでお母さんは慌ててるんだろう？　てな目で見ているぞ。もう少し隠《かく》そうよ……。

「いいえ、そちらデはなく。【闇】エリアでは敵を撃退《げきたい》シタりして楽しム場所もアルのでス。擬似的な魔獣討伐《まじゅうとうばつ》のよウなものデ」

「前にやった立体映像の敵を狩《か》るような感じか」

「そうでス」

以前、サイコロに閉じ込められた時には「魔獣《まじゅう》を◯匹狩《ひきか》る」みたいなお題を出され、立体映像の敵をみんなで倒《たお》したっけ。あれと同じで魔獣退治を擬似的に体験できるアトラクションってわけか。

「……危険はないのよね？」

「ありません」

「ん……まあ、それなら……」

エルゼも納得《なっとく》したのか、小さく頷《うなず》く。

基本的に今回の遊園地では、子供たちを楽しませるのが一番の目的だ。二番目がこの遊園地を見学し、ブリュンヒルドの遊園地に使えそうなものを取り込むという目的。

僕らの都合でそれを妨《さまた》げては本末転倒《ほんまつてんとう》である。エルゼだってそれはわかっているから、渋《しぶ》ったとしても、最後は必ずみんなに従ったはずだ。

そうでなくてもあれだけ可愛《かわい》がっているエルナを落胆《らくたん》させることなど彼女にはできまい。

そのエルナは嬉《うれ》しそうにぎゅっとエルゼの手を握《にぎ》っている。むう……。ちょっとお父さん、ジェラシー……。

そこへ、ススス、とクーンが音もなく寄ってきて、口に手を当て、にやっとした笑みを浮かべる。

「私が手を繋ぎましょうか？　お父様？」

「くっ……！　なぜわかった……！」

「愛するお父様のことですから。それはもう、手に取るように」

嘘《うそ》くさい。けど、まるきり嘘というわけでもなさそうで、クーンは僕と手を繋いでくれた。少し照れくさいが、なんとなしに嬉しい。自分のチョロさにちょっと呆《あき》れる。

「では移動しまス。皆《みな》サマこちらへ」

シェスカがスライム牧場にある門《トリリトン》を操作して、開いた門へと僕らは再び入る。

パアッ、と目の前に広がる光に、僕らの視界が一瞬奪《いっしゅんうば》われた。

やがて目が慣れてくると……慣れ、慣れて……なんで暗いままなの？

いや真っ暗なわけではないな。見上げると赤い満月が出ている。いつの間に夜になったんだ……。

降り注ぐ月明かりに照らされて、僕らの目の前に広がったのは、どう見ても墓石が無数に並ぶ墓地だった。

「ちょっ、なによ、ここ⁉」

急に現れた不気味な風景にエルゼがたじろぐ。手を繋いでいたエルナも母親ほどではないが、顔がこわばっていた。

ていうか、さっきから流れている、このおどろおどろしいＢＧＭはなに⁉

シェスカに説明を求めようとすると、不意に墓からボコォッ！　と手が突き出てきた。

「ひっ⁉」

「うひぃっ⁉」

何人かからの悲鳴を浴びながら、次々と飛び出してきた手は骨だけであった。

地面から何体もの骸骨《がいこつ》が這い出てくる。スケルトンか⁉

「【光よ来たれ、輝《かが》きの追放、バニッシュ】！」

……あれ？　僕の放った浄化魔法《じょうかまほう》が不発に終わる。あ、そうか。魔法は使えないんだっけ！

ワラワラとにじり寄ってくるスケルトンに、八重が腰《こし》の刀を抜《ぬ》いて一閃《いっせん》する。

しかしその斬撃はスカッ、と虚《むな》しく空を斬った。

「ソレは幻《まぼろし》なのデ通常の武器では倒せまセン。専用の武器はコチラに取り揃えてオリますのデ、お好きなモノをどウぞ」

シェスカが墓地の片隅《かたすみ》にあるカウンターを指し示す。そこには様々な武器が所狭《ところせま》しと並べられていた。なにそれ、用意がいいな！　いや、これがアトラクションなら当たり前なのか……。

クーンとリーンがスケルトンに近づいてじろじろと観察する。

「見分けがつきませんね。本物そっくりです」

「このスケルトン、近づいては来るけど、攻撃《こうげき》はしてこないのね」

「お触り禁止デスのデ」

いや、触るも触らないも幻影《げんえい》だろ？　とはいえギリギリのところでカタカタと歯を打ち鳴らして動くその姿はなかなかに怖《こわ》い。

「よーし、じゃあ私はこの大剣《たいけん》を使うんだよ！」

フレイがカウンターから身《み》の丈《たけ》ほどもある大剣を手に取った。

重量軽減の付与がかけられているのか、それともプラスチックのような素材なのか、軽々とその大剣を手にしたフレイは近くのスケルトンに斬りかかった。

ズバッ！　といかにも『斬りましたよ』と言わんばかりの効果音が鳴り、斬られたスケルトンが『10』という数字を残して消える。なにあれ？

「スケルトンは10ポイントでございまス。墓場を出る三十分以内にドレだけポイントを稼《かせ》いだかによっテ、もらえる景品が違いまス」

「景品がもらえるのかよ」

いや、そういうアトラクションもあるかもしれないけど、どっちかというとそれって縁《えん》日《にち》の出し物みたいな気がする。遊園地っぽいような、ぽくないような。

「お母様も一緒にやるんだよ！」

「ふふっ、面白《おもしろ》そうですね。では私《わたくし》も」

誘われたヒルダが長剣《ちょうけん》を選びスケルトンに斬りかかっていく。またしても『10』という数字が飛び出した。しかしさらにその後に『5』という数字が飛び出してくる。まるっきりゲームだな。

「基本ポイントの他に、ウマく弱点を突くと加算ポイントが付きまス。ソレぞれ場所は違いますのデ、狙っテみて下さイ」

「ふむふむ。つまりは要領よく退治していけばいいのでござるな？　では拙者も」

続いて八重も剣を手に取り、スケルトンの群れの中へと飛び込んでいった。

それをきっかけに我も我もと子供たちを含め、みんながスケルトン退治へと向かっていく。

周りの雰囲気《ふんいき》に少しビクついていたエルゼもナックル型の武器を装備して、スケルトンを片付けている。

基本的にエルゼも『殴《なぐ》れる相手』ならそこまで怖がったりしないからな。……この場合、武器がないと『殴れない相手』になるのだろうか。

子供たちも怖がる様子もなくスケルトンを撃破《げきは》している。伊達《だて》に金銀ランクの冒険者《ぼうけんしゃ》じゃないってことかねえ。

リンゼとかリーン、僕もだが、あまり戦闘《せんとう》に乗り気じゃない者たちは後からついていくことにした。一応みんな武器は手にしているけど。

僕も一本の槍《やり》を手にしていた。なぜ槍を選んだかというと、どうせなら普《ふ》段《だん》使わない武器を使ってみようかと思ったから。それだけである。

「よっ」

突き出した槍がスケルトンの胸骨に真《ま》っ直《す》ぐ当たる。立体映像のはずなのに、槍を持つ手に刺《さ》した感触《かんしょく》があった。よくできてんなぁ。

『10』とポイントが出たと思ったら続けて『5』と追加ボーナスも出た。おっ、やった。

「しかしこうもスケルトンばかりだとちょっと飽《あ》きるな……お?」

そんな空気を読んだかのように、墓場から今度は大量のゾンビが出現した。

続けてオオカミのゾンビが、そして全身包帯塗《まみ》れのミイラがわらわらと現れる。さらにわらわらと。さらにわらわら、わらわらと。わらわら……。

……いや、ちょっと多過ぎやしませんかね⁉

いつの間にか僕らは大量のアンデッドに囲まれてしまった。

うわ、めんどくさそう……。

◇　◇　◇

ユミナがきりりと引き絞《しぼ》った矢を放つ。まっすぐに飛んでいった矢は、遠くにいたゾンビの額に効果音とともに突き刺さった。そしてゲームよろしく消え失《う》せて、『２０』という数字が浮かぶ。ゾンビは２０点か。

ゾンビもスケルトンも武器にかかわらず一撃《いちげき》めで倒せるため、苦戦はしない。しないのだが……。

「いや、これ数が多すぎない？」

次から次へと敵が襲《おそ》ってくる。倒しても倒しても次々とこちらへと向かってくるのだ。食べるたびにそばを入れられる、わんこそば状態である。

「うう……。魔法で殲滅《せんめつ》したいです……」

「同感ね」

リンゼとリーンがため息をつきながらそんなことをつぶやく。わかる。広範囲魔法《こうはんいまほう》で一気に片付けたくなるよな。

僕《ぼく》や後衛組はそんな感じなのに、前衛組は楽しそうに迫《せま》り来るゾンビやスケルトンたちを倒しまくっていた。

「あーっ！　お母様、それ私のなんだよ！　ズルい！」

「早い者勝ちです。悔《くや》しかったらもっと修業《しゅぎょう》しなさい」

目の前でフレイとヒルダの母娘《おやこ》がスケルトンを容赦なく撃破していく。かと思えば、

「よーっし！　これで500ポイント！　お父さんは⁉」

「僕はもう少しで600ポイントだね」

「むー！　負けるかぁー！」

別のところではアリスとエンデの父娘《おやこ》がゾンビを打ち倒しながら、撃破数を競《きそ》っている。

楽しそうだなぁ。

「よっと！　八重おかーさーん！　そっち行ったよー！」

「むっ、任せるでござる！」

リンネの声を受けた八重の剣が横薙《よこな》ぎに閃《ひらめ》く。その攻撃を受けてゾンビ二匹が同時に消《しょう》滅《めっ》した。

『八重お母さん』か。血の繋がりは無いが、リンネの母であるリンゼに八重、どっちも僕の奥さんである以上、関係性としてはおかしくはない。

お母さんと呼ばれたのが嬉しいのか、八重がちょっとだけニヤついている。早く八雲《やくも》も

こっちに来ればいいのにな。

「あっ、冬夜さん、あれ……！」

「うわ」

リンゼが指し示した、わらわらとゾンビがわいている墓場のさらに奥。その地面が突如《とつじょ》盛り上がり、危機感を煽《あお》るＢＧＭとともに、全身が腐《くさ》った巨大《きょだい》なドラゴンがその姿を現した。

ドラゴンゾンビ？　ここのボスかな？

「いっただきー！」

アリスがナックルを装備した拳《こぶし》でドラゴンゾンビを殴りつけた。

アリスが殴りつけた部分が一部点滅し、やがて変色する。しかしそれだけで、ドラゴンゾンビは消滅せずにその場に存在し続けた。

「アレが最後の敵でス。一撃では倒せませンよ」

むむ。アイツは何発か当てないと倒せないらしい。確かにあんなでっかいのまで一撃ではつまらないか。

『ゴガァァァァッ！』

「っ、みんな避けろ！」

ドラゴンゾンビが紫色《むらさきいろ》の毒々しいブレスを吐《は》いた。まさか本当のポイズンブレスではないと思うが、とりあえず回避《かいひ》する。って……。

「臭《く》っさッ⁉」

漂《ただよ》う悪臭《あくしゅう》に思わず鼻をつまむ。なんだこれ⁉

我慢《がまん》できないほどじゃないが、卵が腐ったような臭《にお》いと道端《みちばた》に落ちている銀杏《ぎんなん》の臭いが混ざったような……！

死んだヘドロスライムに比べたらはるかにマシだが、みんなも顔を歪《ゆが》めて鼻を押《お》さえている。

「御《ご》心配《しんぱい》なク。クサいだけで人体に影響《えいきょう》はゴザいません。ドラゴンを倒せばスグに消えますので」

いやいや鼻が曲がるって！　こりゃたまらん。さっさと片付けてしまいたいが……。

顔をしかめている僕らとは別に、メル、ネイ、リセの三人は涼《すず》しい顔をしていた。あれ？

「メルたちは平気なのか？」

「ああ、私たちは感覚を自由にカットできるので。アリスはそこまでできないようですけれど」

メルが隣《となり》で鼻を押さえる娘アリスを見遣やる。

純粋《じゅんすい》なフレイズではないアリスには備わってない機能なのだろうか。父であるエンデの方はと見ると、同じように鼻を手で塞《ふさ》いでいるしな。

「待っていろ、アリス。こんなやつ、私が片付けてやる」

「ん。ネイの言う通り、お母さんたちにまかせるといい」

大斧《おおおの》を持ったネイと双剣《そうけん》を持ったリセがドラゴンゾンビの前へ出ようとする。ちょい待った！

僕は二人を引っ張って小声で忠告する。

「僕らが子供の楽しみを奪《うば》っちゃダメだろ。あくまで僕らはサポートで、あの子たちがメインで楽しまないと……」

「む……。では全《すべ》てアリスたちに任せ、ただ見ていろというのか？」

不満そうな顔でネイが僕を睨む。いや、そうじゃなくてさ。僕がなんと返したらいいか迷っていると、エンデの方から答えが飛んできた。

「ネイたちだけじゃなく、子供たちと一緒にやれってことだよ。そうだろ、冬夜？」

うん、まあそういうことかな。難しいゲームだからって子供の代わりに親がクリアしてしまったら、面白くもなんともないだろ。

「なるほど……。よし、アリス！　一緒にあいつを倒すぞ！」

「うん！」

アリスを引き連れて、ネイとリセがドラゴンゾンビへと向かっていく。それに触発《しょくはつ》されたのか、フレイ、クーン、エルナ、リンネもそれぞれの武器を手にドラゴンゾンビへと襲いかかった。エルゼ、ヒルダ、八重、エンデもそれに続く。

残った者はドラゴンゾンビと戦うみんなの邪魔《じゃま》をさせないように、周囲のゾンビやスケルトンを次々と倒していった。

僕も槍を振《ふ》り回してゾンビたちを片付けていく。こいつらで10点、20点ならドラゴンゾンビは何点入るんだろう？

『グルギャアァァァァァァッ！』

連続で叩《たた》き込まれる攻撃にとうとうドラゴンゾンビは光の粒《つぶ》と化した。ドラゴンゾンビに攻撃を加えたみんなに『520』とか『750』とか半端《はんぱ》な点数が加算されていく。これってドラゴンゾンビの点数を割《わ》り振っているのかね？

「やったんだよ！」

フレイが大剣を突き上げて叫《さけ》ぶ。他の子供たちも喜んでいるようだ。親サイドはそれを微笑《ほほえ》ましく見ている。

悪臭が消え、ファンファーレが鳴り響《ひび》く。クリアしたってことかな？

辺りが明るくなり、真っ白な空間に再びモノリスが現れた。

「おめデとうございまス。獲得《かくとく》した得点に応じテ、景品を進呈《しんてい》しまス。リストはコチラに」

シェスカがモノリスにピッ、と触《ふ》れると空中にズラッと景品リストらしきものが現れた。

ワクワクとした顔をしていた子供たちが、そのリストを見ると一斉《いっせい》に眉根《まゆね》を寄せた。

「……なんて書いてあるか読めないいんだよ」

「古代パルテノ文字ね。五千年以上前の施設《しせつ》なのだから当たり前と言えば当たり前なのだろうけど」

フレイのつぶやきにリーンがそう返す。バビロン博士は五千年前、大陸のほぼ三分の一を占《し》める大帝国《だいていこく》、神聖帝国《ていこく》パルテノにいたという。その国の文字が使われているのだろう。

「オット、これは失礼を。数値だけは変換《へんかん》していたのでスが。少々お待ちくださイ」

そういや撃破した時のポイントは読めたな。一部だけ訳されていたのか。

シェスカがモノリスに手のひらを当てると、モノリス面に小さな魔方陣《まほうじん》が輝いて現れ、スゥッと消えていった。やがて浮かんでいたリストの文字が、僕らにもわかる文字へと翻訳《ほんやく》されていく。シェスカの中の翻訳ツールでもインストールしたのだろうか。いや、ま、それはいいんだけど……。

リストの文字を見て、いささか僕は後悔《こうかい》していた。あの博士の景品である。まともなわけがないのは予想して然《しか》るべきだったと。

「……おかーさん、『めろめろびやく』ってなあに？」

「はう⁉　え、ええっとね、リンネ。えと、男の人と女の人が、その、仲良くなる薬、というか……」

「『のーさつらんじぇりーせっと』……？　お母さん、これ……」

「え、ええ、エルナ⁉　エルナにはまだ早いと思うわよ⁉」

全てではないが、リストの半分くらいは碌《ろく》でもない品物だった。よし、後でしばく。

エルナやリンネ、アリスはよくわからないといった顔をし、クーンはニヤリとなんともシニカルな笑みを浮かべていた。……この子はわかってるっぽいな。

十歳《さい》ともなれば、ある程度の知識はあるのかもしれない。それでなくてもクーンは知識欲旺盛《おうせい》な子だし。

「………わ、私はこの『入浴剤《にゅうよくざい》セット』にするんだよ」

意外だったのはフレイが顔を赤くして僕らから視線を逸《そ》らしていたことだ。まあ、子供たちの中では彼女が最年長だし、僕がユミナと出会った時と一歳しか違《ちが》わないんだから、年相応の反応とも言える。

「おい、この『入浴剤セット』は普《ふ》通《つう》なんだろうな？」

「効能は肩凝《かたこ》り、冷《ひ》え性《しょう》、神経痛、睡眠《すいみん》不足、疲労《ひろう》回復ナドでス。ソレ以外特には」

疑ぐる僕にシェスカがそう答える。どうやらまともなものらしい。

なんとか子供たちを誘導《ゆうどう》し、変なアイテムを獲得するのは避《さ》けることができた。

しかし子供たちよりも面倒《めんどう》だったのはネイとリセだった。

メルはフレイズの支配種だが、様々な世界を旅して、進化した別の存在となっている。

さらにバビロンに幽閉《ゆうへい》されていたころは『図書館』で本を読み漁《あさ》っていたので、当然、そういった知識もある。その甲斐《かい》あって、数年後にアリスが生まれたのかもしれん。

しかし、純粋な支配種であるネイとリセはそういった知識が欠如《けつじょ》しており、子供たちと同じく素直に疑問を口にしてしまうのだ。

「おい、エンデミュオン。この『三角木馬』とやらは馬肉の料理か？」

「いや、えーっと、その、食べるものじゃないと思う……」

「こっちの『あぶないみずぎ』はなにが危ない？」

「あー、んと、それはだね……ちょっと、冬夜ぁ！　なんとかしてよ！」

いや、なんとかしてと言われましても。エンデから泣きつかれるが、僕だって詳《くわ》しく説明したくはない。

二人して困っていると、横から僕らに救いの手が差し伸《の》べられた。

「ネイ、リセ。こちらの『アクセサリー十点セット』なんかはどうかしら。アリスに似合うんじゃないかと……」

「おお！　アクセサリーというと装飾品《そうしょくひん》ですね⁉　なるほど！　さすがメル様！」

「アリスならなんでも似合う。さらに可愛く美しくなる」

メルの先導にネイとリセがあっさりと釣《つ》れる。チョロ過ぎない？

みんなもそれぞれ無難なものを選んでいく。正直、興味を引くものもなくはないが、子供たちの前でそれを選ぶのはやはりはばかられる。

ここはやはり適当に、この『けも耳セット』とかで……あれ、なんでみんなそんな目で見るの？

「あっ、それかわいい……」

僕の手に現れた『けも耳セット』のひとつを見て、エルナが興味を示した。

「え？　あ、エルナ、付けてみる？」

「うんっ！」

ぱあっ、と笑顔で駆《か》け寄ってきたエルナ。やはりうちの子はかわいい。よーし、じゃあこの垂れたイヌミミをあげよう。

カチューシャのようになっているイヌミミをエルナに付けてあげると、髪《かみ》の色に合わせた色にイヌミミが変化した。

付けたイヌミミがぴこぴこと動く。おお？　いつの間にか尻尾《しっぽ》まで出てるんですけど？

あ、尻尾のは立体映像なのか。

エルナの感情とシンクロしているのか、ぶんぶんと尻尾が揺《ゆ》れている。うおお、うちの子が獣人化《じゅうじんか》した。

「あ、ああ。子供たちにあげるためにそれを選んだのでござるな。なるほど、納得でござる」

まあね。……八重にも似合うと思いますけども。もちろん他のみんなにも。奥《おく》さんに付けるために選んだわけじゃないですよ？

「エルナお姉ちゃんいいなー。おとーさん、あたしも！」

「あいよー」

よし、リンネにはこの狼《おおかみ》の耳をば。エルナと同じイヌ系だぞー。

エルナと同じようにリンネにも尻尾が現れて、ぶんぶんと左右に振られまくる。

「はわわ……。可愛さ倍増、です！　元から可愛いのにさらに可愛くなるとは……反則う！」

リンゼが意味不明なことを口走りながら、リンネの頭を撫《な》でている。元から可愛いとか言ってますが、親娘そっくりなので自画自賛とも取れる言葉だな。否定はしないがね！

どっちも可愛いのは事実だからね！

「あら、可愛い。お父様、私にもお願いします」

「あっ、私も欲《ほ》しいんだよ！」

「陛下、陛下！　ボクも！」

クーン、フレイに次いでアリスまでも駆け寄ってくる。エンデの悔しさを滲《にじ》ませた視線が飛んでくるが無視しよう。

よーし、ではクーンには狐《きつね》耳を、フレイには猫《ねこ》耳を、アリスにはウサ耳を付けてあげよう。

可愛さが跳《は》ね上がった子供たちがお互いを見て褒《ほ》め合っている。善哉《よきかな》、善哉。

ネズミ耳のもあったんだけど、遊園地ときてこれはいろいろと面倒になりそうなのでやめといた。

「楽しそうでよかったですね」

「うん。協力してなにかを成《な》し遂《と》げるって遊びは受けがいいかもしれないな」

ワイワイと賑《にぎ》やかな子供たちを眺《なが》め、ユミナと遊園地の構想を練っていく。やはり楽しんでの遊園地だからな。

「次はドウいったトコロへ行きましょウか？」

「そうね……。身体を動かして遊んだのだから、次は頭を使うような遊び場とかないかしら？」

シェスカの問い掛《か》けにリーンがそんなことを提案した。頭を使う遊び場？　なんだろう、クイズコーナーとか、パズルコーナーとか？

「ふム。知的遊具施設でスか。では【木】エリアへ行きましょウ。どウぞコチラへ」

シェスカがモノリスに触れ、再び門《トリリトン》が起動する。開いた転移門をくぐると、またしてもまばゆい光が目の前に広がり、別の景色が広がった。

「ここは……」

現れたのは庭園。ただの庭園ではない。高台になった門の位置から見下ろせる広いその庭園は、まるで迷路《めいろ》のように生垣《いけがき》が張り巡《めぐ》らされている。

かなり大きな緑の迷宮《めいきゅう》だ。

「うわーっ、すごーい！」

「『迷宮庭園《ラビリンスガーデン》』でございまス。何《なに》を隠そう、ここは私、フランシェスカプロデュースの施設でありまス」

シェスカがドヤ顔で胸を張り、説明する。え、そうなの？

バビロンの『庭園』を管理するシェスカ。こいつの造園技術ははっきり言ってとんでもない。王城の庭師が驚《おどろ》いていたくらいだからな。

目の前に広がる巨大な迷路は、ただの生垣というわけではなく、ところどころに四阿《あずまや》であるガゼボがあったり、美しい花々が咲《さ》き乱れるバラ園のような場所もある。地球にもこんな迷路の庭園があったな。

「これはブリュンヒルドでも作れそうだな」

土魔法が使えれば、他の国でもできるだろう。貴族の庭に小さな迷路があったら面白いかもしれない。

「オッと、私の作った迷宮庭園を甘《あま》く見ないで下さイ。そんジョそこラの庭園とは比べ物にならなイ、楽しい仕《し》掛《か》けが満載《まんさい》の、夢のよウな施設になっテおりますので」

「ものすっごい不安が湧《わ》き上がってきたんだが」

こいつが言う『楽しい仕掛け』なんて碌でもない仕掛けに決まってる。本来なら回れ右して帰りたいところだが……。

「あら？　あの一番奥の開けた場所が出口《ゴール》よね？　この迷路って入口《スタート》はどこなのかしら？」

リーンが高台から見える迷路を見下ろしながらそんな疑問を呈《てい》する。んん？　……確かにゴールはあるけどスタートはないな。どういうことだ？

リーンの質問に対し、シェスカは高台の隅《すみ》にあったマンホールほどの丸い石台を指差す。表面には魔《ま》法陣《ほうじん》が刻まれているようだ。魔法陣の石台は二つあり、それぞれ白い魔法陣と青い魔法陣になっている。なんだこれ？

「コチラの魔法陣は転移陣《じん》になっテおりまして、青い魔法陣は出口へと繋《つな》がっておりますが、白い魔法陣は出口からある程度離れた迷路の中に無作為《むさくい》に転移されるよウになっテいるのでス」

「なるほど。スタート地点がランダムなわけか」

「はイ。一定時間が経過すると、迷路内にいる全員が出口に転移されまスのデ、出てこれナイというコトはありませン。迷路に参加されナイ方はここから私と出口の方へ向かっテいただければ」

あ、参加しなくてもいいのか。確かにこれはちょっと大変そうだもんなぁ。それなら今回は不参加ということで……。

「面白そうなんだよ！」

「おとーさん！　早く！　早くいこう！」

フレイとリンネがはしゃぎながら僕の腕《うで》を引く。尻尾が全力で振られている。くっ、こんな可愛い娘に両腕《りょううで》を引っ張られて、嫌《いや》だと言えるわけがないだろ！　参加で！

子供たちがいるエルゼ、リンゼ、ヒルダ、リーン、それに迷路に興味津々《きょうみしんしん》の桜とスゥは参加するようだが、ユミナ、ルー、八重は不参加。三人ともこういったものは苦手なのだそうだ。

エルゼとヒルダも苦手らしいが、娘たちの手前、不参加とは言い出しにくかったようだ。

リーンもあまり乗り気ではないようだけれど、クーンもいるし、何より自分が『頭を使ったエリア』と指定したものだから、不参加とは言えなかったのかもしれない。

エンデたちの方はメルとリセが不参加らしい。アリスはやる気満々のようだが。

「では一人ずつコチラの転移陣からどウぞ。無作為に出口からラ同距離《どうきょり》の場所に飛ばされまスので、順番は関係ありませン。迷路には途中《とちゅう》途中に青い転移陣がありまスので、棄権《きけん》したい時はお使い下さイ」

脱出《だっしゅつ》経路があるってわけか。なら気楽にやれるかな。疲《つか》れたらさっさとリタイアすればいいのだし。

「じゃあ行ってきまーす！」

真っ先に狼耳のリンネが白い転移陣に乗ると、フッとその場から消えた。

「あ、冬夜様。リンネがあそこに」

「え？」

ルーに指し示された場所に視線を向けると、ゴールからかなり離れたところにリンネの姿が小さく見える。けっこう飛ばされるんだな。あそこからゴールを目指すとなると……えーっと……。うーむ、よくわからん……。

僕が迷路を睨《にら》んでいる間にも次々と迷路の中へとみんなが飛び込んでいく。

やがて僕の番となり、転移陣の上に立つと、一瞬《いっしゅん》にして景色が変わった。目の前に高さ三メートルほどの生垣で囲まれた道があり、その先は丁字路《ていじろ》になっている。後ろは行き止まりだ。

とりあえず前へと進む。さて、丁字路を右か左、どちらに進むかだが……。

こういった迷路の脱出方法はいくつかあるが、一番有名なものに、片手を壁《かべ》に付け、それに沿っていけばいつかゴールに辿《たど》り着けるというものがある。

しかしこれはちゃんとしたスタートから始めたなら、という条件がいるような気がする。もしここが迷路の中心近くで、僕が中心側の壁に手を付けてたなら、同じところをぐるぐると回るだけになってしまう可能性もあるよな。

「まあ、とりあえず適当に進んでみるか……」

僕は丁字路を右に曲がることにした。なぜかって？　右利《みぎき》きだから。それ以外に理由はない。

分かれ道もない道をさらに右に曲がる。するとそこには立ちふさがるように扉《とびら》が設置してあった。

「なんだこりゃ?」

ノブを掴んで開けようとしたが、押しても引いても開かない。よく見るとドアに黄金のプレートが取り付けてあり、なにやら字が浮《う》かんでいる。古代パルテノ文字だよな、これ。

翻訳魔法《ほんやくまほう》【リーディング】を使おうとプレートに触れようとしたら、その文字が読める文字へと勝手に翻訳された。んん? さっきと同じくシェスカが操作したのかな?

まあいいや。えーっとなになに……?

『あらん限りの大声で一曲歌えば扉は開く』

あ、もう嫌な予感しかない。やっぱり不参加にするべきだった。

◇ ◇ ◇

『あらん限りの大声で一曲歌えば扉は開く』

僕はそう文字が刻まれている扉を回れ右して、もと来た道を引き返していく。

なんでこんなところで大熱唱せにゃならんのだ。パスパス。右に曲がった迷路の丁字路まで戻《もど》り、今度は反対の道を行く。

真っ直ぐ進むとまた曲がり角に当たったので、そのまま右に曲がる。

「おい、ちょっと待て」

目の前にはまた同じ扉が。いや、扉の色が微妙《びみょう》に違うから、別の扉なんだろうが。

同じようにドアに貼《は》り付けられている黄金のプレートに目を走らせる。また歌えってんじゃないだろうな？

『衣服を脱《ぬ》ぎ、筋肉を見せつければ扉は開く』

「シェスカァァァ！」

高台の上、あるいはゴールにいるであろうバカメイドに向かって叫ぶ。

なんでこんなところで筋肉披露《ひろう》しなきゃならんのだ！

そもそも見せつけるほどの筋肉なんかないやい！　諸刃《もろは》姉さんに訓練《スパルタ》されているから、それなりには有ると自負してはいるけど、ミスミド国王やフェルゼン国王の域にまでは達していない。

「くそ、これって歌うか筋肉披露かの二択《たく》ってことかよ……」

歌うのは構わないんだが、『あらん限りの大声で』ってところがアウトだ。防音設備があるわけでもなし、生垣の向こうにいるかもしれないみんなにも聞こえてしまう。それはちょっと恥《は》ずかしい。桜なら喜んで歌ったかもしれないけど。

まだ筋肉披露の方がマシか……？　誰《だれ》に見られるわけでもないし、パパッとやってしまえばすぐ終わるだろ。

とりあえずコートを脱ぎ、シャツだけとなる。試《ため》しにと袖《そで》を捲《まく》り、二《に》の腕《うで》に力こぶを作ると、ピピッ、とドアの下の方の色が変わった。なんだこれ？

反対側の腕も同じように力こぶを見せるとさらに色が上がった。ドアの下、十分の一ほどが別の色になる。

筋肉を見せつけると色が変わるのか？　で、全部色を変えれば開く、と。馬鹿《ばか》馬鹿しくてため息も出ない。

もう一度、同じく力こぶを見せつけたが色は変わらなかった。くそ、別の筋肉を見せろってことなのか？

諦《あきら》めてシャツも脱ぎ、上半身だけ裸《はだか》となる。この『箱庭』の中は温度調節機能があるのか脱いでも寒くはない。

しかし筋肉を見せつけろって言っても、どうしたらいいのやら。こうか?

僕はボディビルダーがやるように、両腕に力こぶを作るようなポーズをとってみる。なんだっけ、ダブルバイセップスとかいうポーズだっけか。上腕二頭筋《バイセップス》を見せつけるようなポーズだからその名がついたとか。

まあ、僕程度の筋肉ではとてもとてもボディビルダーには敵《かな》わないが、それでもピピッと少しだけ色が変わった。本職なら一発でクリアなんだろうなあ。

そのままくるりと後ろを向いて同じポーズをとる。背中の筋肉を見せつけるダブルバイセップス・バックだ。

僕みたいな背中でもいくらかは評価されたようで、また少し色が上がっていく。ちょっとだけ嬉《うれ》しい気持ちになり、調子に乗ってそのまま横向きに筋肉を見せるサイドチェストのポーズに移る。おお、また少し色が上がった。

そのまま全身に力を込め、両拳を正面で突《つ》き合わせる。ボディビルで最も力強いポーズ、モスト・マスキュラー!

決まった、と思った瞬間《しゅんかん》、突然《とつぜん》ガチャリと正面の扉が開き、目を見開いているクーンが現れた。

「え?」

僕と目が合ったクーンは若干《じゃっかん》引いたような顔をしたが、すぐ無表情になり、スマホを取り出してパシャリパシャリと僕へ向けてフラッシュを焚《た》いていく。

「ちょっと待って！　無言で写真撮《と》らないで！」

「お父様に露出趣味《ろしゅつしゅみ》があるとは。さすがに気がつきませんでしたわ。これはお母様にご報告しなければなりませんね」

「違うから！　これ！　これに従ってただけだからね！」

僕はドアに貼り付けてあるプレートを指し示す。娘に露出狂《ろしゅつきょう》と思われるわけにはいかない。確かにちょっと調子に乗ったけど！

クーンはドアのプレートを見て、なるほど、とつぶやいた。なんとか露出狂疑惑《ろしゅつきょうぎわく》は免《まぬか》れそうだ。

「裏と文字が違うんですね。一度開けばその後は開閉自由のようですが」

クーンがガチャリガチャリと扉を開け閉めする。クーンが来た側の扉には『十秒まばたきをしなければ扉は開く』と書いてあった。なに、この差。このお題、人によって変わったりしないよな？

「こっちは行き止まりです。そちらは？」

「あ、えっと、扉がもう一つ反対側の先にあるけど……」

クーンの質問に答えながらシャツを着る。ところでクーンさん、さっきの写真消去してくれませんかね？　あ、ダメですか。

クーンが来た通路は行き止まりらしい。となると、やはり歌うしかないのか。それはなんとも恥ずかしい……。いや、もうそれよりも恥ずかしい目にあったから、どうでもいい気がしてきた。

歌うにしてもクーンもいるし、一人で歌うよりは二人で歌う方がまだマシと考えれば多少好転したともいえるか。

クーンを連れて反対側の扉までやってきた。相変わらず同じ文言がプレートには刻まれている。それを読むとクーンはとびきり明るい笑顔《えがお》をこちらに向けた。

「さ、お父様。ご存分に熱唱して下さい」

「あれ!?　僕だけ!?」

約束が違う！　いや、約束なんてしてなかったけどさ！

くそっ、娘に見られながら熱唱するくらいなら、さっき一人で歌っていればよかった！

「あの、二人で……」

「どうぞ」

「いや、二人で……」

「どうぞ」

……くっ、仕方がない。こうなったら腹をくくろう。そうなるとなにを歌うかだが。

邦楽《ほうがく》より、洋楽の方がいいな。みんなには意味が伝わらないからどういった歌かわかるまい。

なら爺《じい》ちゃんのお気に入りから一曲。

１９５０年代、ポップスの黎明期《れいめいき》を代表するシンガーの曲をチョイスした。

この曲は弟のベビーシッターである年上女性への想《おも》いを込めた歌であるという。彼《かれ》は16歳の時、自作のこの曲でデビューし、一気にスターダムへと駆け上がった。

年の差なんか気にしない、ずっとそばにいて欲しい。そんな祈《いの》りに似た歌詞を歌い上げていく。

なんとか歌い終わるとガチャリと扉が開いた。ふう。

ふと横を見ると、クーンがスマホのカメラをこちらへ向けてニヤニヤとしていた。

「録画完了《かんりょう》っと」

「うおいっ⁉」

なんで録《と》ってんの⁉　消去しなさい、消去！　クーンが録画したスマホから僕の熱唱する歌が聞こえてくる。うああ、恥ずかしい！

「ところでこの連呼している名前の女性って、お父様の浮気《うわき》相手じゃありませんよね？」

「違うから！　単なる歌詞だから！」

恐《おそ》ろしいことを言わない！　奥さんたちの耳に入ったら、いわれのない追求をされるかもしれないでしょお⁉

くすくすと笑いながら、クーンは懐《ふところ》にスマホをしまった。だから、消せよぅ。

「さ、道は開けましたわ。元気に進みましょう」

「もう元気なんかない……」

クーンの後について僕も扉をくぐる。道の先は、右に左に曲がりくねっていたが、分かれ道のない一本道だった。しかしそのすぐ先に十字路が現れる。

「どちらへ行きましょうか？」

「僕はこれといって方針はないから、クーンの好きな方向でいいよ」

「そうですね……。左へ曲がると来た方向へ行ってしまう気がするので、右へ行きましょう」

そう言ってクーンが右へと曲がった。僕もそれに続き、右へと曲がる。しばらく進むと、すぐ真横から突然女の子の声が飛んできた。

「あー！　また行き止まりー！　んもー！」

「この声は……」

「リンネですわね」

生垣の向こうから飛んできた声に僕らは立ち止まる。どうやらリンネが生垣のすぐ向こう側にいるらしい。

「リンネ！　そこにいるのか？」

「リンネ？」

「あれ？　おとーさん？　クーンおねーちゃん？」

生垣の向こうからリンネの声が返ってきた。やはり向こう側にいるな。

「二人とも一緒《いっしょ》にいるの？　ずるい、あたしも合流したい！」

「と、言われてもな……」

合流しようとしてしたわけじゃないしさ。この道がリンネのところへ繋がっているのなら合流できるかもしれないけど。

「あっ、そうだ！　この生垣を飛び越《こ》えれば！」

え？　と思った瞬間、ガンッ！　って衝撃音《しょうげきおん》と、『いたあっ⁉』っというリンネの悲鳴、そしてドサッ、という地面に倒《たお》れたような音が聞こえてきた。

「ちょっ⁉　リンネ⁉　大丈夫《だいじょうぶ》か⁉」

「いたたた……。頭ぶつけたー……。なにこれ！　見えない蓋《ふた》みたいなのがあって飛び越せないよー！」

どうやら障壁《しょうへき》が張ってあり、垣根《かきね》は飛び越せないようだ。ズルはさせないといったところか。

「今は諦めなさい。運が良ければそのうち合流できるかもしれないわ。どんどん進みなさいな」

「ちぇー。わかった。じゃあどんどん進むよ」

たたたたた、とリンネが駆けていく音が聞こえた。

さて、こっちも進もう。リンネと合流できるかもしれないしな。

僕《ぼく》らはその場から離《はな》れ、道なりに進む。するとすぐに開けた場所に辿り着いた。広場か？　広さはちょっとした庭ほどの大きさで、中央に立て看板が立っている。その先には扉が一つ。またかよ……。

僕らが立て看板に近づこうと進むと、後ろの通路の地面が突然盛り上がり、石の壁となって立ち塞がった。閉じ込められた!?　くそっ、これも仕掛けのひとつか！

「『鳥をその手に掴《つか》めば扉は開く』……鳥ってなにかしら？」

看板を読んだクーンの声に反応するかのように、突如《とつじょ》広場に一羽《わ》のニワトリが現れる。

『くっくどぅどぅるどぅ────────っ！』

ちょっと待て、鳴き声がおかしいぞ！　なんだそのバリトンボイス！　しかも発音がくっきりし過ぎだろ！　どこかの声優が入ってないか⁉

ニワトリかと思ったが、ニワトリじゃないかもしれない。あんな切れ長な目付きのニワトリを僕は知らない。えらく男前なニワトリだ。

「鳥というのはあの子のことでしょうか？」

「たぶんね。看板通りならあのニワトリを捕《つか》まえれば扉が開くってことか」

さっさと捕まえて先に進もう。しかし僕が近づくと、ニワトリがスス、と逃《に》げた。む。近寄る。逃げる。足早に近寄る。足早に逃げる。ダッシュで近寄る！　ダッシュで逃げる！　こんにゃろ！

『くっくどぅどぅるどぅ────────っ！』

全力で逃げるニワトリを全力で追いかける。こいつ、半端なく速い！　やっぱり普通のニワトリじゃないな⁉

くそっ、【アクセル】が使えれば一発なのに！

「大丈夫ですか、お父様？」

「え⁉　あ、いや、あはは！　大丈夫、大丈夫！　ちょっと待ってな、すぐに捕まえるから！」

マズい！　このままでは父親の威厳《いげん》が！　よし、本気出す！

じりじりと近づいたり、フェイントをかけたりして、広場の隅にニワトリを追い込んでいく。くくく、こうなれば袋《ふくろ》のネズミならぬ、袋のニワトリよ！

ニワトリが動きを止めたタイミングで、僕は一気に飛びかかる。もらった！

しかし次の瞬間、ニワトリは翼《つばさ》を大きく広げ、高々と跳躍《ちょうやく》をしていた。なん……だと……？

『くっくどぅどぅるどぅ――――っ！』

ニワトリは僕の頭を踏《ふ》み付けてそのまま背中を駆け下りていく。振り向くとニワトリが『捕まえられると思ったか？　小僧《こぞう》？』とでも言いたげにこちらを見ていた。こいつ……！　いま鼻で笑ったぞ。チキン南蛮《なんばん》にしてやろうか……！

「ぷっ……大丈夫ですか、お父様」

「は、はは……。なかなかすばしっこいニワトリだなぁ……」

唇《くちびる》をヒクつかせながらコートを脱ぎ、クーンに持っててもらう。もう許さん。そっちがその気なら全力で相手してやろうじゃないか。後悔すんなよ!?

「まったくもう……大人気ないですわね」

クーンの小さなつぶやきが聞こえたが、聞こえないフリをする。男には逃げてはいけない戦いがあるのだ！

それはこの戦いではない気もするが、もうそれはどうでもいい。コケにしおってからに……！　ニワトリだけに？　寒いわ！

見てろよ、目にもの言わせてくれん！

◇　◇　◇

「よっしゃあっ！」

『くっくどぅどぅるどぅ――――っ⁉』

数分後、僕はニワトリの首を両手でふんづかまえることに成功した。散々おちょくりやがってからに……！　ざまぁ！

「クックック……。さあて、から揚《あ》げかチキンステーキか……。いや、やはりチキン南蛮がいいか？」

『く⁉　く、くくっく、くっくどぅどぅるどぅ――――――っ⁉』

「目的が変わってますわ、お父様」

呆《あき》れたようにつぶやくクーンに、僕ははっと我に返る。いかん、完全に父親の威厳などなくなってしまったのではないだろうか。

どう取り繕《つくろ》ったものかと、冷汗《ひやあせ》をかいていると、シュン、と手の中からニワトリが消える。お？

「扉が開きましたわ。進みましょう」

「あ、うん」

開いた扉の中へとクーンが進む。僕もそれに続いて扉を通り抜《ぬ》けた。ううむ、威厳など初めからなかったのかもしれない。

「きちんと録画はしましたから」

「またかよ⁉」

なんでこの子はそういうことをするかな⁉　僕を貶《おとし》めたいの⁉

肩《かた》を落とす僕にクーンは悪戯《いたずら》っぽく笑う。この子、よく録画とか写真とかとってるけど趣味《しゅみ》なんかね？

「趣味というか……。私は妖精《ようせい》族ですから、おそらく他《ほか》の姉妹弟《きょうだい》よりも長く生きます。忘れてしまわないように、思い出はたくさん欲しいじゃないですか」

むう。そう言われると、な。

世界神の眷属《けんぞく》である僕の子供たちは、いわば半神というべき存在だ。普通の人間よりも能力的に秀《ひい》でているが、寿命《じゅみょう》は他の人たちより少し長生きといったところらしい。

しかしその中でもクーンは妖精族ということもあり、おそらく一番長生きすると思う。

親や姉妹弟《きょうだい》たちの思い出を今から残そうとしているのか。まだ十歳なのにな……。

僕はなんとなしに彼女《かのじょ》の母親譲《ゆず》りである、絹のような白い髪を優《やさ》しく撫でた。

きょとんとしていたクーンがやがて目を細めて笑う。

「安心して下さい、お父様。私は人生が長いぶん、お嫁《よめ》に行くのは一番最後にしますから。お父様と一番長くいられますわ」

「いや、それもどうなんだろう……」

娘《むすめ》がさっさと嫁にいかれるのは寂《さび》しい気もするが、いきおくれるってのも父親としては微妙な心境になる。

「六百に届くまでにはなんとかしますわ」

「長いな!?」

リーンが聞いたら怒《おこ》りそうな会話をしながら、僕らは生垣の迷路を道なりに進む。

道の先は丁字路になっていた。また左右どちらかに進むか選ばないといかんのか……。

「お父様」

「ん？」

いささかウンザリしていた僕の袖をクーンが引っ張る。振《ふ》り返ると右の通路のさらに先にある丁字路から不安そうな顔をしたエルナが姿を現した。

「あ、お父さんと、クーンお姉ちゃん！」

「エルナ？」

破顔したエルナがこちらへ向けて駆けてきた。そのままの勢いでクーンに抱《だ》きつく。心細かったのか、少し涙目《なみだめ》になっているな。

「よかったぁ。みんなの声はするんだけど、合流できなくて……ずっと同じところをぐるぐると回ってたの」

エルナは何個かの扉を見つけたらしいが、できないと判断したものはスルーしてきたそうだ。いや、それは正しい判断だったと思うぞ。無理してまで進む必要はない。時間が来たら脱出できるんだし。

「ちなみにそれってどんなの？」

「え、と、その『のうさつぽーずをする』とか、『むつごとをささやく』とか、『ぱんちら』

とか……よくわかんなくて……」

「シェスカァァァ！」

再びバカメイドに向かって僕は叫《さけ》ぶ。碌《ろく》でもないプロデュースしやがって！

あのバカはホント教育に悪い！　ウチの子になにセクハラしようとしてんだ、こんにゃろう！

エルナはよくわかんなくて戸惑《とまど》っていたみたいだが、クーンは顔をいささかしかめていた。僕にではなく、純真な妹にセクハラの手が伸びるのはさすがに嫌らしい。

「クーンお姉ちゃん、『のうさつぽーず』ってなあに？」

「知らなくてもいいわ。エルナはそのままのエルナでいてね」

ぎゅっとクーンが妹エルナを抱き締《し》める。「？　？」と、クエスチョンマークを浮かべたような顔をして、状況《じょうきょう》がわからぬままにエルナもクーンにハグをし返していた。

三人になった僕らはエルナがやってきた右の通路とは反対の方向へと歩き始めた。

しかし本当にゴールに辿り着けるのかね、これ……。空から見れたら一発なんだろうが……この上には障壁が張ってあるようだしな。魔法《まほう》も使えないしちょっと無理か。

……——待てよ？

魔法が使えないってのは、周囲に及《およ》ぼす魔力が阻害《そがい》されているからで……。だから周囲の魔素を利用するスマホの電話やメール、コンパスなどは使えないが、他の機能は使える。

現にクーンはカメラや動画をとってたし。言ってみたらネットや電話だけが繋がらない状態なわけで。

博士の造ったみんなのスマホは、たぶんみんなそうなんだろう。

しかし――僕のスマホは違《ちが》う。

神器であり、神の力で動いているのだ。魔力のない地球でも使えたからな。ひょっとして……。

クーンとエルナの後ろを歩きながら、スマホを取り出してそっとマップ検索《けんさく》をしてみると……。

「……っしゃ！　ビンゴ！」

「？　どうしたの、お父さん？」

「え!?　あ、いや、なんでもないよ!?」

「そう……？」

小声でガッツポーズを取っていた僕にエルナが振り返り首を傾《かし》げる。ヤバいヤバい。不《ふ》審《しん》な行為《こうい》だったか。

僕はスマホの画面に視線を落とし、一人ニヤつく。そこにはこの迷路の全体図と現在位置がハッキリと示されていた。

さすが世界神様お手製。これを見ながら進めばゴールするのも難しくはない。

世界神様、ありがとうございます。これで父親の威厳が復活できます。

心の中で世界神様に感謝を捧《ささ》げていた僕に、驚くべきことにご本人からメールが届く。

えっ？

『子供の前でズルはいかんよ』

見られてた。ですよねー。

◇　◇　◇

「あー！　お父様なんだよ！」

「エルナお姉ちゃんもいる！」

声のした方向へ顔を向けると、向こうから猛然《もうぜん》とダッシュしてくる猫《ねこ》耳と狼《おおかみ》耳二人の姿が見えた。そしてその勢いのまま、二人とも大地を蹴《け》って、僕へとダイブする。ちょっ

⁉

「ぐふうっ⁉」

上半身に衝撃《しょうげき》を受けつつも、なんとか倒れないように堪《こら》える。いま腰《こし》がグキっていった！

グキって！

「フレイお姉様にリンネ……。お父様に飛びつくのはおやめなさいな。お母様たちに叱《しか》られますよ？」

「えぇー？　つまんないのー」

「むう。それは困るんだよ。お母様のお説教は長いんだよ……」

クーンがたしなめると、しぶしぶと二人は離れてくれた。腰……痛っ……。【キュアビール】……。

腰の痛みを回復魔法で治す。パワーありすぎだろ……。

狼耳のリンネが辺りをキョロキョロと見回す。

「おかーさんたちは？」

「いや、リンゼたちとは合流してないよ」

「なんだぁ」

あれっ、お父さんだけじゃ不満ですか？　ちょっとサミシイ……。

「奇《く》しくも娘が全員揃《そろ》ったわけですね。嬉しいですか、お父様？」

「いや、嬉しいけど……。果たして偶然《ぐうぜん》かね……」

クーンがニマニマとした顔で擦《す》り寄ってくるが、これを偶然と片付けていいものかどうか。

なにせあのバカメイドプロデュースだ。これさえも仕込みであると疑ってかかった方がいい。

「娘全員を集めて、僕のみっともないところを見せつけてやろうという企《たくら》みでは……」

「なんでそんな考えになるんですか……」

ジト目のクーンと、苦笑いをしているエルナ。あれっ、呆れられてる⁉ はっ、すでに僕はヤツの策略にハマっているのか⁉

「妄想逞《もうそうたくま》しいのはおよろしいですけど、先に進みましょう。お母様たちに会えるかもしれませんし」

クーンが先頭になり、みんなもぞろぞろとついていく。確かに考えていても仕方がない。先に進もう。

フレイとリンネが来た方向とは別の方向へ僕らは進む。

あっちに行ったり、こっちに行ったり、途中《とちゅう》のトラップをいくつかくぐり抜け、ウロウロとしながらもなんとか進んでいった。けっこうしんどい……。そろそろゴール近くだと思うんだが……。

「あっ、ユミナおかーさんたちだ！」

角を曲がったリンネが叫ぶ。

見るとまっすぐな直線の道の先に、迷路《めいろ》の出口があった。その光景にホッと安堵《あんど》の息が漏《も》れる。

ユミナにルー、八重、それにメルとリセの、参加しなかった面々がテーブルの席に着き、優雅《ゆうが》にお茶を飲んでいる姿が見えた。くそっ、僕も不参加にすりゃよかった……。

なにはともあれ、やれやれ、やっとゴールか。これで嫌がらせのトラップも……ゴール？

ゴール前？

「一番乗りー！」

リンネが走り出す。っ、ちょっと待った！

僕は全速力で駆《か》け出し、リンネよりも前に出る。別に娘を差し置いて一番にゴールしようとしたわけじゃない。さすがにそんな大人気ないことするかい。

じゃあ何故《なぜ》かって？　ゴール前にトラップを仕掛《しか》けるのはこいつらの常套手段《じょうとうしゅだん》だからだよ！

ゴール手前に踏み出した僕の足が、地面にズボッとめり込む。……ほらな？

「おとーさん⁉」

バキバキッ！　と、なにかが折れる音がして、僕は地面の下へと落下すると同時に粉まみれになる。けふっ……。おのれ、手の込んだことを……！

下にはクッションが敷《し》き詰《つ》められていたので怪我《けが》はない。深さもそれほどではないようだ。

「お、お父さん、大丈夫⁉」

「あー……これくらい大丈夫、大丈夫。慣れてるからね……」

心配そうに覗《のぞ》き込んでくるエルナに手を上げて答える。ぺっぺっ。口の中まで入ってる。小麦粉か？　これ。

なんとか地上に這《は》い上がり、粉をはたき落とす。リンネたちもパンパンと僕の服を叩《たた》いてくれているが、もうちょい手加減してくれると嬉しい。痛いです。

「お父様も一緒にゴールするんだよ！」

そんなフレイの声で娘四人に手を引かれ、僕らが同時にゴールすると、待ち受けていたユミナたちに拍手《はくしゅ》で迎《むか》えられた。嬉しいやら照れ臭《くさ》いやら……。

「おめデとウございまス。皆様《みなさま》が一番乗りでございまス」

「あ、そうなんだ。みんなまだなのか」

「はイ。皆様手こずっテおられまスようデ」

シェスカがゴール真横にあった、大型映像盤《モニター》を指し示した。

そこには何やら積み木のようなものを慎重《しんちょう》に積み重ねているエルゼとリンゼの姿が映っていた。あ、積み木が崩《くず》れた。エルゼが頭を抱《かか》えている。

かと思えば、地面に置かれた丸い輪っかをリズムよく飛び跳《は》ねているスゥと桜の姿も映っている。なるほど、ここで迷路内のみんなの姿が見えるのか。

……ちょっと待て、ということは。

「あの……ひょっとして僕らのこともずっと観《み》てた……？」

ユミナたちがあからさまに視線を逸《そ》らした。観てたのか……。僕はがっくりと肩を落とす。娘だけじゃなく、奥《おく》さんにまで醜態《しゅうたい》を晒《さら》されるとか、どんな罰《ばつ》ゲームだよ。

「あ、あの、その、う、歌は素晴《すば》らしかったと思いますわよ！」

あわあわとルーが叫ぶ。うん、妙《みょう》なフォローはいいから……。これ以上僕のＨＰを削《けず》らないで……。

やはり不参加にしとくべきだった。シェスカプロデュースな時点でわかるだろ、自分。

何度騙《だま》されてるんだよ。

「あっ、出口だよ、お父さん！　お母さんたちがいる！　みんなも！」

ゴールの向こうにアリスとエンデ、それにネイの姿が見えた。この組み合わせ……やはり何かしらの操作があったと確信する。

アリスがこちらへと駆けてくる。あれ？　いつの間にか落とし穴が消えてら。いや、消えたんじゃないのか？　元に戻った？

「アリス、そこでジャンプよ！」

「えっ⁉　……と、えいっ！」

突然かけられた母親《メル》の声に、兎耳《うさぎ》のアリスは素直《すなお》に従って、ゴール手前でぴょーん、とジャンプし、無事にゴールした。

なんで？　とわけがわからず首をひねるアリスをメルが抱きしめ、リセが頭を撫《な》でる。

「やれやれ、やっと着いた……っ、うわぁぁぁぁ⁉」

「エンデミュオン⁉」

あ、エンデが落ちた。ネイはギリギリのところで踏みとどまり、落ちたエンデをびっくりした目で見ている。やめろシェスカ、小さくガッツポーズをするんじゃない。

「…………」

やがて粉まみれのエンデが無言で穴から這い出してきた。パンパンと服をはたきながら、同じように粉まみれの僕に目を止めると、ふっ、とシニカルに笑う。同類相憐れむってか。悔《くや》しいが僕もちょっとそんな気になっている。気持ちはわかるけど、娘が無事だったんだから喜ぶことにしようよ。

その後スゥと桜、エルゼとリンゼ、ヒルダとリーンが無事にゴールした。ちゃんと落とし穴は回避《かいひ》させたぞ。

「思ったより大変でしたね……」

「迷路自体はいいけどトラップは要《い》らないな。ウチに造るときは無くそう」

いささか憔悴《しょうすい》したヒルダに答えながら、僕はそう決意する。親子でも楽しめるものを！

ブリュンヒルドの遊園地はそれをコンセプトにしよう。

「次はドコがご希望デ？」

「次はジェットコースターがいいんだよ！　ここにはないの？」

「じぇっとこーすたー……？　ソレはどのようウな施設《しせつ》デ？」

元気よく答えたフレイにシェスカが首を傾げる。エンデ、メル、リセ、ネイのフレイズ組はキョトンとしていたが、僕らはそれがどういうものか知っている。

子供たちは未来で乗ったことがあるのだろう。平然としていた。

スゥ、桜、八重、ルーなどは少しワクワクしているように見える。映画で観たとき、乗りたいとか言ってたもんな。

不安そうなのはヒルダ、エルゼ、ユミナ。子供たちと同じく平然としていたのはリーンと、意外にもリンゼだった。

考えてみれば、リンゼの専用機ヘルムヴィーゲは空中戦を得意とする機体だ。変形して飛行形態になった時の動きはジェットコースターの比ではないのだろう。慣れてるってことかね。

「ジェットコースターってのはねー、レールの上を走りながら、ぐるんぐるん回ったり落ちたり、飛んだりするドキドキハラハラな乗り物のことなんだよ！」

ちょっと待って、フレイ。『飛んだり』ってのはどういう……⁉　なに造った⁉　未来の僕！

「乗り物……。ナルほど、緊張《きんちょう》、恐怖《きょうふ》、不安などを楽しむタメの施設なのでスね。では【風】エリアへ向かいましょウ」

あるのか、ジェットコースター。五千年前の古代人もスリルを楽しむ人種がいたんだなぁ。

……というか、この施設自体が博士たちの実験場みたいなものだから、あって当然とも言えるが……。

再びシェスカがモノリスに手をかざすと、さっきと同じように門《トリリトン》が起動する。

子供たちが楽しげに転移門に飛び込み、僕らもその後に続く。まばゆい光彩陸離《こうさいりくり》の渦《うず》を抜けると、なんとも言えない光景が広がっていた。

最初に思いついた言葉は西部劇。その景色は荒野《こうや》と言って差し支《つか》えない、赤茶けた岩場が広がる場所だった。まさに西部劇の世界だ。木造の駅のような建物が目の前にあるし。

まあ、それ以外の建物はないんだが……。

遠くにサボテンも見える。サボテン……だよな？　なんか普通《ふつう》のサボテンより凶悪《きょうあく》そうな針が見えるが気のせいだろう。

「ココは魔導列車に乗り、いろンな景色を見て回る施設でス。設定を色々と変えレば、フレイお嬢様《じょうさま》の言う『じぇっとこーすたー』と同じよウな体験がデきるかト」

魔導列車？　古代魔法王国時代には、魔導列車がいたるところを走っていたらしいけど、こんなところでも使っているのか。すると、この建物はやはり駅舎か？

魔法王国フェルゼンでも遺跡《いせき》から魔導列車が発掘《はっくつ》されて研究され、ウチのエーテルリキッドと魔力バッテリーにより、五千年ぶりに開発された新たな魔導列車が近々お披露目《ひろめ》予定だったりするけどな。

駅舎の中に入ると、そこには僕の知る魔導列車とはかなり違う、こぢんまりとした魔導列車が並んでいた。確かにこれはジェットコースターと言っても差し支えないのかもしれない。

一つの大きさとしては軽自動車くらいだ。ただ、ジェットコースターと違って簡易的な屋根がある。左右に二人乗りのものが、五つ連結していた。十人乗りか。二回に分けて乗ることになるな。

レール……らしきものはあるけど、レールというかプレートだな、こりゃ。プレート状のレールの上を走る……地球にあったおもちゃの列車に近い。……プラスチック製じゃないよな？

しかしこのレール、よく見ると数メートル先で途切《とぎ》れている。未完成の施設なのか？

「いえ、アレは列車が進むにつれテ後方のレールパネルが前方へ転移し、接続することで連続して走ることができる仕組みになっテいルのでございまス」

「転移式オートレールですわね。話には聞いたことがありますけど、ここで見ることができるとは思いませんでしたわ！」

シェスカの説明に目をキラキラさせて食いついたのは魔工学大好きっ子のクーンだ。どうやら僕の造った未来のジェットコースターはコレとは違うらしい。

「それで、まず誰《だれ》と誰が乗るんでござるか？」

「うーん……。とりあえずヒルダ、リーン、エルゼ、リンゼは子供たちと一緒に乗ってほしいかな。残りの席や順番はじゃんけんとかでいいだろ」

せっかくなんだし、隣《となり》にお母さんがいた方が怖《こわ》くないだろ。お母さんの方が怖がるかもしれないけど……。

それを聞いたエンデが隣のアリスに声をかける。

「じゃあ、アリスは僕と乗ろうか？」

「え？　ボク、お母さんと乗るけど？」

エンデが娘にフラれて膝《ひざ》からくずおれる。すぐさま誰がアリスの隣に乗るか、メル、ネイ、リセの三人によるじゃんけんが始まった。フレイズ組もじゃんけん知ってたんだな……。ブリュンヒルドでは子供たちも普通にやってるし、おかしくはないか。

「よし、じゃあ僕らも順番を決めるか。勝った順から乗っていこう」

……できれば様子を見たいから、後発の方がいいんだけど。ヤバそうだったら辞退すればいいし。

よし、負けよう。じゃんけんに弱いと定評のある僕だ。この面子《メンツ》なら大丈夫だろ。

◇　◇　◇

……と、まあ、そんなわけでなんとか乗る順番が決まったわけなんだけれども。

結局僕は十番目になり、ギリギリで先行組に入ってしまった。くっ……あと一回負けてれば……。

最後列である。まあ、それはいいんだ、それは。

「なんでお前が隣なんだよ……」

「九番目と十番目なんだから仕方ないだろ！」

隣に座《すわ》るエンデが吠《ほ》える。ま、そりゃそうなんだが……。

先行組は【ヒルダ・フレイ】、【八重・桜】、【ルー・リセ】、【リーン・クーン】、【エンデ、僕】の十人だ。

というか、ユミナがぶっちぎりで負けたけど、アレって絶対未来予知してわざと負けたよね……。いつもは強すぎるのにさ。

「ねえ、冬夜。この座席、ベルトとかなにもないけど本当に大丈夫なの？」

「それは僕も気になってた……」

普通、こういうジェットコースターって安全のために身体を固定する器具があるんじゃないの？　いや、これはジェットコースターじゃないから当てはまんないのかもしれないけれども。

一応座席の前には掴まる手摺《てすり》のようなものはあるけど、これだけだと心許《こころもと》ないんですが。

「大丈夫でス。走り出せば床《ゆか》と座席から重力魔法が働き、身体が固定されますのデ。例えレールから弾《はじ》き出されルことがあっテも、ソコから離れるコトはありませン。ご安心を」

「あっ、すごい不安になった」

なんだよ、弾き出されるって。あくまで例えだよな？

「ちなみにこれってどういうところを走るんだ？」

「さア？　その時でマチマチですのデ。ご希望通り、緊張、恐怖、不安をめいっパイ楽しめるよウに設定しテおきまス」

そう言ってシェスカは駅のホームにあったタッチパネルのようなものをピッ、ピッ、ピッ、ピッ、ピピピピピピピピ！　と連打する。

押《お》し過ぎぃ！　なんかわからんけど押し過ぎじゃないのか!?　ＭＡＸなの!?

「ソレではお気をつけテ」

「ちょっと待て!?　なにか気をつけることが!?」

シェスカの不穏《ふおん》な言葉を問い質《ただ》すこともできずに、列車は無情にもスーッと音もなく走り出す。

後ろを振り向くと、列車が通り過ぎたレールのパネルがパッ、パッ、と消えていた。前方へと転移しているのだろう。いったいこの列車はどこへ向かうというのか。

「と、冬夜！　なんか登り始めたよ⁉」

エンデの声に前を向くと、列車がゆったりと角度を上げて空へと登り始めていた。

「どうやって浮《う》いてるのかしら……？　空間固定の刻印魔法？」

僕の前の席にいるクーンは、下のレールをのぞき込みながらぶつぶつと考え混んでいた。冷静過ぎない？　と、思ってたらその隣に座るリーンも平然と景色を眺《なが》めていた。母娘《おやこ》揃って肝《きも》が据《す》わっている……。

けっこうな高さにまで登ってきた。『箱庭』が遠くまで見渡《みわた》せる。あ、あそこって一番最初にいったスライム牧場かな。

「ちょっ、どこまで登るの、これ⁉」

隣のエンデが不安そうな顔を見せる。……ああ、ジェットコースターならこれが定番だと思ってたけど、どんなものかわからないまま、ずっとただ登ってたらこんな反応になるのか。

とはいえ、この魔導列車も厳密にはジェットコースターではない。地球でのジェットコースターと一緒《いっしょ》に考えるのは危険かもしれない、なあっ⁉

ゆっくりと登っていた魔導列車が先頭から落下する。ちょっ、直角落下ぁ⁉

「ぐ……！」

すさまじい風圧を感じる。普段《ふだん》から【フライ】で飛んでいる僕は高さなどには慣れているが、飛ぶ際の風圧は魔力障壁《まりょくしょうへき》で防いでいるため、これにはちょっとビビった。

魔導列車は地面ギリギリのところで再び浮き上がり、今度はそのまま急上昇《きゅうじょうしょう》する。急上昇……するどころかそのまま天地がひっくり返った。大きく一回転だ。

「うおわぁああぁぁぁ⁉」

隣のエンデが青い顔をして悲鳴を上げている。お前……アリスと一緒に乗らなくてよかったと思うぞ。きっと幻滅《げんめつ》される。いや、幻滅されるほど威厳があるのか怪《あや》しいが……。

僕《ぼく》もだけど。

魔導列車はそのまま二回、三回とループを繰《く》り返し、再び急上昇をし始める。かなりの高さまで上がると、そこから今度はスパイラル状態で急降下だ。

これはキツい。遠心力による身体への負担がかなりくる……！　こんなの【フライ】で味わうことはないからさ……。うおう⁉

再び地面スレスレで今度は水平に走り出したと思ったら、いつの間にか水場の上を波《なみ》飛沫《しぶき》を立てて走っていた。どこ走ってんの⁉

そこを抜けたと思ったら、前に連なっていた列車が一台ずつ左右に分離《ぶんり》していく。あれ⁉

前にいたリーンとクーンの列車もいなくなり、気がつけば僕とエンデが乗った列車だけが森の中を疾走《しっそう》していた。

「ちょっ、冬夜！　これ、どうなってるのさ⁉」

「知らないよ！」

なんで男二人でジェットコースターに乗り続けなきゃならんのだ。こっちが聞きたい。他のみんなは大丈夫《だいじょうぶ》だろうか。

「うわっ⁉　前っ！」

いきなりのエンデの声に正面を向くと、僕らの乗る列車が大きな木に向けて一直線に走っていた。ちょっ、ぶつかる⁉

巨木《きょぼく》にぶつかる寸前、スレスレで列車がそれを回避し、僕らはホッと胸を撫で下ろした……のも束《つか》の間《ま》、列車はそれからも木へ衝突《しょうとつ》ギリギリの回避を何回も繰り返す。にゃろう！わざとか！

超《ちょう》スピードで木々をかいくぐり、列車は森の中を走り抜けていく。けっこう怖いな！

「冬夜、あれ！」

「え？」

エンデの示す先を見ると、岩場のところにぽっかりと空いた穴が。

「洞窟《どうくつ》だね……。僕、嫌《いや》な予感がするんだけど」

「奇遇《きぐう》だな。僕もだ」

僕らの期待を裏切ることなく、列車は洞窟の中へと突入《とつにゅう》する。やっぱりぃ⁉

薄暗《うすぐら》い中、なにかが飛んでる音がする。ひい、なんか顔に当たった⁉　くそう、これはもうジェットコースターじゃないだろ⁉

「「うぎゃああああぁぁぁ‼」」

悲鳴を上げる僕らを乗せて、列車は洞窟の中を猛然と駆け抜けていった。

◇　◇　◇

一方そのころ……。


「やっと見つけましたわ。あなた、パナシェスの国王陛……いえ、今はまだ王子ですわね。ともかく、あなたにひとつお願いがあるのですけれど」

「んん？　はて、君とはどこかで会ったかな？　なんとなく見覚えのある気はするんだが。ブラウ、覚えているかい？」

カボチャパンツの王子様こと、パナシェス王国の王子ロベールが隣に立つ青の王冠《おうかん》、ディストーション・ブラウに尋《たず》ねるが、小さな青きゴレムはその首を横に振る。

ここはパナシェス王国の王都パナシェリア。いつものように城下を見回っていたロベールは不意に小さな少女に声をかけられた。

年《とし》の頃《ころ》は七つか八つ。緑がかった銀色の髪《かみ》はショートカットにされているが、襟足《えりあし》だけは腰まで長い。少しつり目気味の目はエメラルドのような翠眼《すいがん》で、意志の強さを表していた。着ている服は見たこともないどこか上品な物であったが、なぜか腰の後ろに差した二振りの包丁がそれを打ち消している。

どこかで見た記憶《きおく》はあるのだが……と、ロベールは首をひねる。この子本人ではなく、似た人物を知っているような、そんな感覚に戸惑いを覚えた。

「わたくしを空間転移でブリュンヒルドへ連れて行っていただきたいのです。お礼はおと……公王陛下が致《いた》しますので」

「ブリュンヒルドへ？　君は冬夜君の……いや、王妃殿下《おうひでんか》の知り合いかい？」

ロベールはやっとモヤモヤした感覚が晴れた気がした。そうだ、彼女はブリュンヒルド王妃《おうひ》の一人によく似ているのだ。確かあの方は帝国《ていこく》の……。

「そんなところです。……まったく、出現先がパナシェスの王都で助かりましたわ。どうして誰も電話に出ないのかしら……」

ぶつぶつと少女はなにやらつぶやいている。ロベールはよくわからないが、この子に悪意はなさそうだと判断した。

「それで小さなレディ。君の名前は？」

「これは失礼を。わたくしはアーシア。アーシア・ブリュンヒルドですわ。パナシェスの王子様」

ロベールへ向けて、少女は小さくカーテシーで気品ある挨拶《あいさつ》を交《か》わした。

第五章　料理人の娘

「面白《おもしろ》かったんだよ！」

「ええ。なかなか迫力《はくりょく》がありましたわ」

「君ら、すごいね……」

　はしゃぐフレイとクーンを、どんよりとした目で見ながらエンデがつぶやく。

　僕もぐったりとして立ち上がる気力もない。あれ、おかしいな。ジェットコースターってこんなに疲《つか》れる乗り物だったっけか……。まだ足元が揺《ゆ》れてる気がする。

　僕とエンデだけじゃなく、先発組のルーとヒルダもぐったりとしていた。八重《やえ》や桜《さくら》、リーンにリセは平気のようだ。人によるのだろうか……。

「んもー、お父さんはだらしがないなー」

「うぐっ⁉　いや、アリス、これはね……」

　エンデが娘に会心の一撃《いちげき》をいただいている。それを見て僕は密《ひそ》かに姿勢を正し、平然としたフリをした。二《に》の舞《まい》は御免《ごめん》である。

「お父さん、大丈夫……？」

エルナが心配して僕を気遣《きづか》ってくれる。ううっ、うちの娘《むすめ》は優《やさ》しいなぁ……。

「なんかあたし、すごく怖くなったんだけど……」

逆に母親のエルゼは、これから同じ体験をする自分の身を案じている。大丈夫、大丈夫、すぐに慣れるさ……。

後発組の【リンネ・リンゼ】、【エルナ・エルゼ】、【アリス・メル】、【ネイ・スゥ】、【ユミナ】を乗せた魔導列車が、スーッとホームを出ていく。

さて、何人ぐったり仲間が増えるかな？

駅舎の中のテーブルに腰掛《こしか》けて、【ストレージ】からお茶を取り出す。駅舎の中は魔法の制限がかけられてないらしい。

他《ほか》のみんなの分も用意して一息つくと、やっと気持ちが落ち着いてきた。

先程《さきほど》とはうって変わり、お茶を手にしてまったりとしていると、不意にシェスカの横にあるモノリスが青く点滅《てんめつ》し始めた。なんだなんだ？

「御心配《ごしんぱい》ナク。博士からのコールでス」

シェスカがモノリスに手を触《ふ》れると、空中に博士の画像が浮かび上がった。

『やあ、親子水入らずのところすまないね。そちらに繋《つな》がらないとボクの方に城から連絡《れんらく》がきたものだから』

　連絡が？　みんなのスマホは外界とは通信阻害されているかもしれないが、僕のは……あ、電源切ったんだっけ。さっき神様に叱られたから。それでか。

『城の方にパナシェスの王子様が来ているらしいよ。来て早々、転移の代償《だいしょう》でグッスリらしいけど』

　いや、来てすぐ寝《ね》るって。何しに来たんだよ、あいつ……。まあブラウの能力で転移して来たんじゃ、仕方ないのかもしれないが。

『問題は王子様の方じゃなくてね。公王陛下に会わせてくれという、小さな同行者がいるんだ。君の親戚《しんせき》と言っているけど、どうも話からするとルー君の娘らしいよ』

「え？」

　博士の画面を見ていたルーが目をぱちくりとさせて、小さく声を漏らす。一拍《いっぱく》置いて、首をこちらへとゆっくり回し、僕を見てから再び画面へと戻《もど》して、お茶を一口飲んだ。

「ええええええっ⁉　わっ、私《わたくし》の娘が⁉」

　ガターンッ！　と、派手に椅子《いす》を後ろに倒《たお》しながらルーが立ち上がる。遅っ。

　ルーの反応に驚《おどろ》いて、娘が来たという衝撃が僕の中に引っ込んでしまった。まあ、五人目だしね。

「しかしなんだってロベール王子と？」

『出現したのがパナシェス王国だったらしいよ。その足で王子を捕《つか》まえて、即《そく》、転移してきたらしい』

なんとまあ。行動力ありすぎだろ、うちの娘さん……。ロベール王子に悪いことしたなあ。後で謝《あやま》っておこう。

「アーちゃんらしいんだよ。あの子、目的のためなら手段を選ばないところがあるから。真《ま》っ直《す》ぐ過ぎなんだよ」

「まあまあ。それも特定の状況《じょうきょう》だけなんですし。害はないでしょう。迷惑《めいわく》はかけてますけれど」

フレイとクーンが呆《あき》れたような諦《あきら》めたような声を漏らした。桜がその二人に質問を投げかける。

「アーシアって子は何番めの子？」

「五番目ですわ。エルナの上になります」

八雲《やくも》、フレイ、クーン、四人目、アーシア、エルナ、リンネ、八人目、九人目という順番か。

「私の子のヨシノは何番目？」

「ヨシノはクーンちゃんの下なんだよ。……あ、桜お母様、誘導尋問《ゆうどうじんもん》だよ！」

桜の言葉にフレイが釣《つ》られて情報を漏らす。それくらいはいいだろ。ヨシノは四番目か。するとユミナとスゥの子が下から二人となる。まあ、スゥの場合は歳のこともあるし、遅《おそ》くなると思ってたけど……。

そんなことを考えていた僕の襟首《えりくび》をふんづかまえて、ルーがぐいっと手元へ引き寄せる。ぐえ！

「今はそれより、アーシアですわ！　冬夜《とうや》様、すぐに戻りましょう！　迎えに行ってあげなければ！」

「あー、ああ。そ、そうね、そうですね。ハイ。僕もそう思います……」

あまりの迫力に思わず敬語になる。気持ちはわかるけれども、落ち着いてほしい。

そんな様子を見たクーンが小さなため息をついて、僕らに話しかける。

「とりあえずお父様とルーお母様で迎えに行ってくださいな。みんなには私から説明しておきますので」

「頼《たの》みました！　シェスカさん、二人帰還《きかん》で！」

「ちょっ……！」

「了解《りょうかい》しましタ。二人転送しまス」

そんないきなり!?　僕が何かいう前に、一瞬《いっしゅん》でルーと僕はバビロンの『庭園』へと戻ってきていた。

「さあ、冬夜様、お城へ早く！」

「わかった、わかったから！」

ぐいぐいと腕《うで》を引っ張るルーにちょっと落ち着くように諭《さと》して、【テレポート】で城へと転移する。

城のリビングへと転移すると、ソファーに腰掛けている花恋《かれん》姉さんと、七歳か八歳くらいの一人の女の子が目に飛び込んできた。どうやらロベール王子は寝室《しんしつ》へ直行させられたようだな。

転移してきた僕らに気付き、少女はその目をこちらへと向ける。母親譲《ゆず》りの綺麗《きれい》な翡翠《ひすい》のような瞳《ひとみ》。

わずかに緑がかった髪を揺らして、少女が立ち上がった。

彼女《かのじょ》には見覚えがある。バビロン博士の持っていた『未来視の宝玉』で、一瞬だけ映った子だ。

あの時より少し成長しているけど。宝玉に映った厨房《ちゅうぼう》にいた彼女は、やっぱりルーの娘だったのか。

彼女へ向けて、ルーが足を一歩踏《ふ》み出す。

「あなたがアーシア……ですか？」

「はい！」

満面の笑《え》みを浮かべてアーシアがこちらへ向けて駆けてくる。ルーもその両手を広げ、娘を迎え入れようと……したのだが、アーシアはその横を走り抜《ぬ》け、ジャンプして僕へと抱《だ》きついた。

「やっと会えましたわ、お父様！」

「……あれえ？」

腕を広げたまま、ゆっくりと首をこちらへと向けるルー。目が点になっている。いや、たぶん僕もだが。

「未来のお父様も素敵《すてき》ですけれど、少し若い過去のお父様も素敵ですわ！」

「は、ははは……それは、ありがとう？」

ぎゅーっ、と抱きついてくるアーシアにどんな反応をしたらいいかわからず、とりあえず同じように抱きしめ返す。嬉《うれ》しいんだけど、こういう反応は慣れてないっていうか。

「ちょっ、アーシア!?　お母さんは!?」

「お母様もお元気そうでなによりですわ」

僕から離《はな》れたアーシアが、母親であるルーに対してカーテシーで挨拶をする。ずいぶんと大人びた対応だけど、僕の時と反応が違《ちが》いすぎない？

「アーちゃんは冬夜君大好きっ子なのよ。あ、ルーちゃんのことも大好きなのよ？」

少し乾《かわ》いたような笑いを浮かべつつ、花恋姉さんが教えてくれる。……え、ファザコンってこと？　嬉しいような、将来が心配なような。

「娘が父親を慕《した》うのは当然ですわ。私《わたくし》、いつかお父様のような旦那様《だんなさま》を射止めるために、日々自分を磨《みが》く努力をしていますのよ！」

アーシアが胸を張ってそう答えているが、お父さんすっごくビミョー。アーシアはずいぶんとマセたお嬢様のようだ。

「旦那様って……！　まだあなたには早くないですか⁉」

「甘《あま》いですわ、お母様。今のうちから動いておかないと、幸せな結婚《けっこん》生活は送れませんのよ」

ちっちっち、とアーシアが指を振《ふ》りながら舌を鳴らす。どうでもいいけど、君ら嫁入《よめい》りの話をお父さんの目の前でしないでくれないかな？　出会ったばかりだとはいえ、地味に効くからさ……。

「ま、まあ、自己《じこ》研鑽《けんさん》に励《はげ》むのはいいことですわ。さすが我《わ》が娘。そこはよくわかっていますね」

「ええ、お母様。私《わたくし》、料理の腕も一流ですことよ？　この時代のお母様より上かもしれませんわね」

「ほう……」

キラン、とルーの目が細められた。あれ、なんか剣呑《けんのん》な雰囲気《ふんいき》……。

「それは面白いですわ。ならばその一流という腕前《うでまえ》、見せてもらいましょうか？」

「もちろん。お母様仕込みの腕前、ご覧になるとよろしくてよ？」

「ふふふ」

ちょい待ち、ちょい待ち。なんで対決的な流れになってんの⁉　ルーも子供の言うことにムキになることないでしょうが！

「審査員《しんさいん》はお父様で。どちらが作ったかわからない状態で審査《しんさ》していただき、好みの方を決めていただく、という勝負では？」

「いいでしょう。作る料理は自由？　それとも指定で？」

なんか話がズンドコ進んでいるんだが。お父さんの意思は無視ですか？　いや、断れないのはわかっているんですけれどもね。一応、確認《かくにん》は取って欲しかったなーって……。

「同じ系統のものを作った方が判断がしやすいかと。そうですね……『ワショク』ではいかがですか、お母様？」

「『和食』ですか。いいのですか？　冬夜様の故郷の料理、私《わたくし》は現地で本場の味を食べているのですよ？」

いやいや、ルーさん。本場の味って……あれファミレスの料理だからね？　あれを本場の味と言われると……いや、ある意味正しいのか？　和食は和食だしなぁ。

和食の定義って幅広《はばひろ》いらしいし。トンカツや牛丼《ぎゅうどん》だって和食とも言えるしな。『和風』と付けば和食なんだろうか。和風ハンバーグって和食？　日本人の好みに合ってたら和食なのかね。まあ、そこまで細かくこだわらなくてもいいけどさ。

「問題ありませんわ。私《わたくし》の『ワショク』だって未来《あちら》のお父様に太鼓《たいこ》判《ばん》を押されていますもの。絶対に負けませんわ」

「「ふふふふふふふ」」

怖っ。なんか二人とも笑みを浮かべて睨《にら》み合ってますけど。

しかし負《ま》けず嫌《ぎら》いなところとかそっくりだな……。やっぱり母娘《おやこ》ってことなのかねえ……。

◇　◇　◇

「それで料理対決ですか……」

「わからんうちになんかそういうことになった……」

呆れたような困ったような微妙《びみょう》な顔でユミナがため息を漏《も》らす。

目の前には大きなテーブルを挟《はさ》んで、左右の奥《おく》にそれぞれキッチンがある。

ここは【箱庭】遊園地にある【火】エリアの食堂である。アーシアを連れて戻ってきた僕らから事情を聞いたシェスカが案内してくれた。

どのみち昼食は取ろうと思っていたから渡《わた》りに船ではあったのだけれど……。

中央のテーブルには【ストレージ】から取り出した、様々な食材が山と積まれている。

二人はここから自由に食材を使って料理を作るわけだ。

すでに両サイドのキッチンにはルーとアーシアが陣取《じんど》り、その手伝いとして、ルーの方にはリンゼとスゥ、アーシアの方には子供達《たち》全員が入っている。

「それにしても本当にルーさんそっくりですね」

「ああ、物怖《ものお》じしないところとか、自信たっぷりなところとか……」

「それもそうなんですけど……これと決めたら真っ直ぐ突《つ》き進《すす》む意志の強さが特に。間違《まちが》いなくレグルス帝国の帝室《ていしつ》の血だなと」

確かに。レグルスの皇帝《こうてい》陛下もあんな感じだ。血は争えないってやつなのかな。

「まあ、美味《おい》しい料理が出てくるのは大歓迎《だいかんげい》ですけど……冬夜さん、ちゃんと判定できるんですか？」

「どっちが美味《うま》いかじゃなく、単に自分の好みの差だったら判定できると思うけど……。どっちが勝っても負けても問題があるような……」

そんな選択《せんたく》を迫《せま》られるのって厳しくない？　うぐぐ、キリキリと胃が痛くなってきた……甲乙《こうおつ》付けがたし、引き分け！　じゃダメかねえ。

普通に考えればルーの勝ちな気もする。ルーは今では僕らの毎日三回の食事のうち、最低でも一食を作っている。

日によって、朝食だったり夕食だったりはするが、みんなの好みを知り尽《つ》くしているのだ。当然、僕の好みも。

娘可愛《むすめかわい》さに贔屓《ひいき》するわけにもいかないし……というか、どっちが作ったのかわからなきゃ贔屓しようもない。

「どうしたもんかなあ……」

僕はキリキリと再び痛む胃を押さえながら、ひたすら料理の完成を待つ。

◇　◇　◇

一方そのころ、アーシア陣営《じんえい》では。

「まったく……来て早々ルーお母様とぶつかるなんてアーちゃんは相変わらずなんだよ」

食材を吟味《ぎんみ》するアーシアの背後から、フレイが呆れたような声を漏らす。この妹は父親を好きすぎて、母親であるルーにライバル心を持っていると思われがちだが、実際は大好きな母親に認められたい気持ちの裏返しなのだとこの姉は知っていた。めんどくさい性格なのである。

「アーシアお姉ちゃん、勝てるかな？」

「どうだろ？　未来のルーお母さんには勝ったことないはずだけど」

「美味しい料理が食べられるならボクはどっちが勝ってもいいけどなー」

「うるさいですわよ、お子様たち！」

人参《にんじん》を握《にぎ》りしめて、があっ！　と、アーシアが吠える。エルナ、リンネ、アリスは三人して首をすくめ、『自分だってお子様じゃん』と小さな声で憎《にく》まれ口《ぐち》を叩《たた》いた。

「だけど本当に勝てるの？　あなたが勝ち目もなく勝負を挑《いど》むとは思えないけれど。過去のルーお母様とはいえ、腕前は相当なものよ？」

壁《かべ》に寄りかかって腕組《うでぐ》みをしていたクーンが疑問を口にすると、今度は大根を握りしめてニヤリとアーシアが姉の方に振り向いた。

「ふっふっふ。クーンお姉様。昔、私《わたくし》がお父様に出した料理で絶賛された料理を覚えてますか？」

「え？　……ああ、そんなこともあったわね。ルーお母様でさえまだ作ったことのないお父様の故郷の料理で、美味しいとお父様がすごく喜んだ…………あなた、まさか」

ハッ、と何かに気付き、クーンが壁から身を起こす。フレイも、あ、と小さく声を漏らした。

「そう。未来で初めて食べた絶賛料理。つまり、まだお母様が作ったことがなく、お父様が長年食べてない好みの料理！　負けるはずがありませんわ！」

大根を剣《けん》のように天にかざすアーシア。完全に自分に酔《よ》っていた。この子は少し自己陶《じことう》酔《すい》の気がある。

「「「ずっる～……」」」

「うるさいですわよ、お子様たち！」

妹二人とアリスから非難を浴びて、再びアーシアが吠える。

それに対して姉であるフレイは少し眉《まゆ》根《ね》を寄せて、妹に忠告する。

「卑怯《ひきょう》……とまではいわないけど、そんな勝ち方でアーシアは納得《なっとく》できるの？　後で後悔《こうかい》するならやらない方がいいんだよ？」

「お父様の故郷にはこのような言葉があるそうです。『獅子《しし》は兎《うさぎ》を捕《と》らえるにも全力を尽くす』。私《わたくし》もありとあらゆる手を使って勝利をもぎ取りますわ！」

「いや、それ、いろいろと違うような気がするんだよ……」

自分の母親を兎扱《うさぎあつか》いはどうなんだとフレイは思ったが、こうなるともう妹は止まらないことを知っていた。いい意味でも悪い意味でも真っ直ぐな子なのである。

「でもさ、歴史が変わったりしない？　アーシアお姉ちゃんが未来で絶賛される料理が過去で絶賛されたら、二度目はなくなるんじゃないの？　それも時の精霊《せいれい》が修正してくれるのかな？」

アリスが首を傾《かし》げている。隣《となり》にいたエルナとリンネも、うーん、と考えるように首をひねった。もっともリンネは考えるフリだったが。

「問題ありませんわね。もし被害《ひがい》を被《こうむ》るとしたらそれは未来の私《わたくし》、つまり今の私《わたくし》ですわ！　それでお母様に勝てるのなら、涙《なみだ》を飲みましょう！」

たとえ未来が変わったとしても、時間軸《じく》が違うのであれば、被害を被る未来のアーシアはここにいるアーシアとは違うのでは……と、クーンは思ったが口には出さなかった。説明が面倒《めんどう》なので。

結果がどうなろうと、時江《ときえ》おばあちゃんがうまいことやってしまうのであろう。時空神の名は伊達《だて》ではない。

「ともかくこれでお父様の心を鷲掴《わしづか》みにしますわ！　エルナ、手伝ってくださいな！」

「え、う、うん。わかったよ」

アーシアに次いでこの中で料理ができるのはエルナである。小さいながらも見よう見まねで一通りの料理はできるのだ。もちろん母親のエルゼのように、なぜか作る料理、作る料理が激辛《げきから》になることもない。

逆に言うと、他の娘たちはまるで料理はダメであった。アーシアとエルナの他は、長姉《ちょうし》である八雲が少しできるだけだ。つまり現状、助手になり得るのはエルナしかいないのである。

アーシアは後ろ腰《こし》から抜いた包丁をまな板の上に乗せた肉へと振り下ろす。

「この勝負、いただきですわ！」

◇　◇　◇

僕の前に二つの料理が並ぶ。どちらもご飯と味噌汁《みそしる》、そして香の物《こうのもの》が付く。

違うのは中央に置かれたメインの肉料理。片方は豚《ぶた》、片方は鶏《にわとり》。豚の生姜《しょうが》焼きとチキン南蛮《なんばん》である。

「おお……。これは……！」

どこからどう見ても豚の生姜焼き定食とチキン南蛮定食だ。

チキン南蛮って和食？　と少し疑問に思ったが、細かいことは触れないでおこう。僕がわからないのに、異世界の彼女たちがわかるわけもないし。

しかし、豚の生姜焼きはこちらに来てからも何回か食べたことがあるが、チキン南蛮は久しぶりだな。あれ？　チキン南蛮って、ルーにレシピ渡したっけか？

見た目だけだとどちらが作ったか判断がつかない。だが僕の目はどうしてもチキン南蛮の方に向いてしまう。

なぜならあの迷路《めいろ》の中で、追いかけた鶏をチキン南蛮にしたらさぞ旨《うま》かろうと思っていたからだ。

「……美味そうでござるな……」

僕の前に出された料理に、八重が思わずごくりと喉《のど》を鳴らす。どうどう。娘たちの前なんだから、節度を持ってくれ。

「お母様たちにもご用意してございますわ。ご安心を」

「おお！　さすがルー殿《どの》の娘でござる！」

八重の気持ちを察したのか、アーシアとルーがそれぞれチキン南蛮定食と生姜焼き定食を持ってきた。みんなは気楽に食べられていいなあ……。

さて、と。いつまでも見ているわけにもいかない。そろそろ食べさせてもらうか。

「ではまず、こっちのチキン南蛮から。いただきます」

やっぱりどうしてもね。気になっちゃうし。

箸《はし》で真ん中のやつをつまみ上げる。狐色《きつねいろ》した衣《ころも》の中に見える白い鶏肉《とりにく》。そしてその身にかかっている甘酢《あまず》ダレとタルタルソースが嫌が応にも食欲をそそる。

サクッとした歯ざわりの後に鶏肉を噛《か》み締《し》めると肉汁《にくじゅう》が飛び出してきた。肉の旨味《うまみ》に加えて甘酢ダレの酸《す》っぱさとタルタルソースのこってりさが素晴《すば》らしいハーモニーを奏《かな》でている。

その余韻《よいん》があるうちに白米をかっ込む。くうう。

「美味い！」

箸が止まらん。チキン南蛮を味わい、それをおかずにご飯を楽しみ、香の物で口直し、味噌汁でさっぱりと味を流す。

美味いなあ！　かなりお腹《なか》が減ってたし、久しぶりだからかな？　おっといけない、全部食べるわけにはいかん。もう一品あるんだからな。

「では今度はこっちを……」

平膳《ひらぜん》ごとチキン南蛮定食を横にずらして、今度は生姜焼き定食を持ってくる。これまた美味そうだ。

豚の生姜焼きと言えば、豚肉《ぶたにく》の細切れと玉ねぎを炒《いた》めたもの、あるいは薄《うす》くスライスした豚肉をソテーしたものの二つに分けられるという。

こちらは前者の方だ。玉ねぎと豚の細切れを炒めたものになる。僕の家でも母さんが作るのはこちらだった。

玉ねぎと豚肉を一緒《いっしょ》に箸に取る。染《し》み出した肉汁を垂らさないように、ご飯の入った茶《ちゃ》碗《わん》で受けながら口の中へと放《ほう》り込む。これも旨い。

たまらずそのままご飯を口にする。ご飯と玉ねぎと豚肉が口の中で踊《おど》っている。噛めば噛むほど旨味が広がっていく。これはチキン南蛮と同じくらい旨いな。

しかしいつも食べている生姜焼きに比べると少しだけ味が濃《こ》いような気もする。ほんの少しだけど。ひょっとしてこちらがアーシアが作った方だろうか？

いやいや先入観は危険だな。きちんとした判定ができなくなる。

にしても美味い。生姜焼きから染み出した油を吸ったキャベツでさえも美味い。さっきのチキン南蛮と比べても、これは甲乙付けがたいぞ……どうしよう。

ちらりと視線を前に向けると、ルーとアーシアがこちらをじっと睨ん……見つめていた。

うぐぐ、どっちも美味しいんですけど！

でも判定はしなきゃいけないし……うーん、うーん……。

再びチキン南蛮を食べ、それから生姜焼きを食べる。ご飯を食べ比べ、味噌汁と香の物も食べ比べる。どっちも美味しいけど、どっちが好きかと言われると……。

みんなの視線が集まっているのがわかる。迷い過ぎ？　ええい、どっちに転んでも後でなんとかフォローしよう！

「よし……！」

「決まりました？」

ユミナの問いかけに静かに頷《うなず》く。こういうのは直感だ。好みだと思う方にすればいいんだ！　僕《ぼく》、悪くないよ！

「生姜焼き定食で！」

「なんでぇぇぇ!?」

僕に被せるようにアーシアが絶叫《ぜっきょう》する。あれっ!?　お父さん、やっちゃいました!?

反対にルーの方はホッと胸を撫《な》で下ろしている。アーシアからは見えてないだろうけど。てことは、チキン南蛮はアーシアで、生姜焼きはルーが作ったのか。

「なんでですか、お父様!?　前はあんなに絶賛してくれたのに！」

「前は？」

「あっ……いえ、お気になさらず。それよりもどうしてですか！　説明をお願いします！」

いや、説明と言われても……。こっちの方が好みに合ったとしか。そこに理由なんてないでしょ。

「アーシア。理由は私《わたくし》の作った生姜焼きを食べてみればわかります」

「えっ？」

促《うなが》されるまま、アーシアが箸を取り生姜焼きを口にする。目を瞑《つぶ》り、ゆっくりと味わうように咀嚼《そしゃく》して飲み込んだ。

「確かに美味しいです……。ですけど、私《わたくし》のチキン南蛮だって同じくらい美味しいはずなのに……」

アーシアは、わからない、といった風に首を横に振る。いや、だからどっちも美味しかったってば。もうこれは個人の好みの問題かと。

「冬夜様はどう感じました？」

「え？　そりゃ美味しかったよ。いつもよりほんのちょっと味が濃いかな、とは思ったけど……」

「味が濃い……？　まさか⁉」

アーシアは何かに気が付いたように、再び生姜焼き定食を一口食べ、次にその横にあった味噌汁を飲んだ。え、なによ？

「塩……！」

「塩？」

「ほんの……ほんの少しだけ、塩が多い。味のバランスを崩《くず》さないほどの量ですけど……。

もしかしてこれが……」

え？　確かにいつもの生姜焼きや味噌汁より濃かったと思うけど、本当に少しだけだぞ？　今回みたいに食べ比べでもしてなければ、たぶんわからなかったと思う。

アーシアに対し、ずっと黙《だま》っていたルーが口を開いた。

「冬夜様は午前中、スライムに振り回され、スケルトンに振り回され、鶏に振り回されていました。かなりの運動量であったと思われます」

待って待って待って！　その言い方は語弊《ごへい》がある！　なんか僕が情けなくやられっぱなしみたいに聞こえるぞ！　訂正《ていせい》を！　若干《じゃっかん》の訂正を！

「運動……あっ！」

「そう。汗《あせ》とともに身体から塩分が抜ければ、それを求めるのは自明の理。本人が意識していなかったとしても、行動には出てしまうものです。故に、味を損《そこ》なわない程度……ほんの少しだけ、塩を足しておきました」

つまり、運動で失われた塩分の分だけいつもより塩っ気を求めていたのか？

身体強化されてるとはいえ、僕だって汗をかくし、トイレだって行きたくなる。度を超《こ》えた運動になると神気のせいで逆に汗をかかなくなるけどな。意図して切り替《か》えることもできるが、普段《ふだん》はやらない。めんどいし、感覚が鈍《にぶ》くなるし。まあ、今回はかなり汗をかいたし疲れたが……。

ルーはそこまで見抜《みぬ》いてこの料理を作ったのか。それを無意識のうちに僕は選んだ……。

なんか掌《てのひら》の上で転がされているような気がしてきた。

「くっ……そこまで考えていたとは……。完敗です……」

アーシアががっくりと肩《かた》を落とす。その娘を横目にルーはテーブルの上にあったチキン南蛮をひとつ口にした。

「っ……！　……なるほど。これは確かに私《わたくし》に迫る腕前。貴女《あなた》のあの自信も当然かしら。とても美味しいですよ、アーシア」

「お母様……」

にっこりと微笑《ほほえ》み、ルーは同じく料理を愛する娘の手を取った。

ふぅう。なんとか丸く収まった、か？　こんな胃の痛む判定役はもう勘弁《かんべん》してほしい。

「……ですが」

「え？」

先ほどまでのにこやかな笑みのままで、ルーの眉根に皺《しわ》が寄る。……あ、あれ？　丸く収まったんと違うの？

「先程《さきほど》漏らした、『前はあんなに絶賛してくれたのに』という言葉。あれは冬夜様がこの料理を好み、かつ、故郷を離れて以来の懐《なつ》かしい料理であったと初めから知っていたのでは？」

「ナンノコトデショウカ、オカアサマ」

あっ、アーシアが目を逸《そ》らした。そうか、未来でこれを食べた僕が絶賛したんで、アーシアはこの料理を出してきたのか。

ううむ。何年後かになるかわからないが、もし生まれてきたアーシアにこの料理を出される機会があったら、めちゃくちゃ褒《ほ》めてやらねばなるまい。

「そのような小狡《こずる》い作戦を使うとは、まったく！　いいですか、そもそも料理というものは……！」

「あれ？　ルーも冬夜が午前中に運動をして汗をかいていたことをアーシアに隠《かく》してたわよね？」

後ろから飛んできたエルゼの弾《たま》にルーが撃《う》ち抜かれ、動きが止まった。エルゼがエルナに『お母さんっ……！　しーっ、しーっ』っと肘《ひじ》で突かれている。エルナ、君のお母さんは無自覚に余計な一言を放つんだよ。

「……お母様？」

「ナンデショウカ？」

あっ、ルーが目を逸らした。母娘《おやこ》だなあ。

「お母様だって同じじゃないですか！　私《わたくし》だってお父様の体調を知っていれば、塩加減を考えましたわ！」

「後からはなんとでも言えます！　そこまでに考えが至らなかったのが問題なのです！　聞けばすぐにわかることですのに！」

ぎゃあぎゃあと言い争いを始めた二人を見ながら、みんなは手を止めることなく食事を進める。

「仲がいいのう」

「仲のいい……のかな？　いいんだろうな、たぶん」

スゥの言葉に若干首を捻《ひね》る僕だが、そういうことにしておこう。こういう親子関係もアリだと思いながら。

◇　◇　◇

「あーっ！　悔《くや》しいですわ！　またお母様に出し抜かれましたわ！」

「いや、どっちかというとアーちゃんの油断だと思うんだよ……」

アーシアがやってきたその日の夜。子供たちはパジャマに着替《きが》え、城の一室に集まっていた。悔しそうにクッションに八つ当たりしているアーシアに、フレイが呆れた声を漏らす。それを横目にクーンはエルナとリンネに向けて口を開いた。

「それでエルナ、リンネ。もう一度聞くけどあの次元震《じげんしん》があった時、あなたたちの前にいたのはアーシアで間違いないのよね？」

「うん、間違いないよ。『核《コア》』がピカッ、て光った時、アーシアお姉ちゃんがあたしたちを庇《かば》ってくれたから」

クーンはリンネからの説明を聞き、やはり自分の仮説は間違ってはいないと確信した。偶然《ぐうぜん》だとはとても思えない。間違いなく『核《コア》』から遠かった者の順番でこちらの世界に現れている。

「で、アーシア。あの時、あなたの前には誰《だれ》が？」

「前ですか？　えっと、その、眩《まぶ》しくて目を閉じてしまいまして……。ですが、ほぼ横にヨシノがいたと思います」

「ヨシノね……。なら心配はいらないわね。あの子なら【テレポート】でここに跳《と》んで来れるもの。余計な寄り道をしなければだけど……」

桜の子であるヨシノは母と同じように無属性魔法《まほう》【テレポート】が使える。【テレポート】は【ゲート】と違い、距離《きより》と方角さえ合っていればどこにでも転移できる。

長距離《ちょうきょり》移動は大きな魔力《まりょく》が必要になってくるが、ヨシノの魔力量なら世界の果てからでも数回の転移でブリュンヒルドに帰ってこられるはずだ。

問題があるとすればその性格である。ヨシノはかなりの気分屋で、気が乗らないと何もしないし、興味がないことは自分から動くことはない。『家族に会いに行かなくちゃ……でも別に後でもいいか』と考えてもおかしくない娘《むすめ》なのである。

逆に興味を持ったものにはすぐ反応するタイプで、新しい物、珍《めずら》しい物好きでもある。ではあるが、すぐ飽《あ》きるタイプでもあり、彼女のストレージカードの中には買ったはいいが、飽きた変なガラクタがいっぱいあるのだ。そんな熱しやすく冷めやすいところがある。

そんな妹が過去の世界という、とびきり珍しい状況にあって、まっすぐ帰還する可能性は低いなとクーンはため息をついた。

「下手をすると八雲お姉様の方が先に来るかもしれないですわね」

「下手をするとって。別にいいじゃん、八雲お姉ちゃんが来ても」

クーンの言葉にベッドで横になったリンネが苦笑《くしょう》する。クーンのなんだかヨシノより先に来て欲《ほ》しくない言動に、隣にいたエルナは首を傾げた。

「甘いわね。八雲お姉様が着いて、後からヨシノがのんびりと来てごらんなさいな。手にはよくわからないお土産《みやげ》をたくさん持ってですよ？」

「あー……。間違いなく説教が始まるね、八雲お姉ちゃんの……」

そのシーンを簡単に想像できたのか、エルナが引きつった笑みを浮《う》かべた。

真面目《まじめ》な八雲と自由奔放《じゆうほんぽう》なヨシノは水と油だ。仲が悪いわけでは決してないが、立場上、姉の八雲がヨシノに説教をする場面はみんな嫌《いや》というほど見ている。

「ヨシノー。早くこないと八雲お姉ちゃんの雷《かみなり》が落ちるんだよ……」

どこで道草を食っているかわからない妹へ、フレイが一人つぶやく。寄り道して八雲に怒《おこ》られても知らないんだよ、とフレイは思う。だが、今のところ姉の説教を止める気はフレイにはなかった。

まあ、珍しい武器をお土産に持ってきてくれたらフォローしてあげようなどとは考えていたが。

◇
◇
◇

「いっきし！」

突然《とつぜん》鼻がムズムズした八雲が、乙女《おとめ》にあるまじきおっさんのようなくしゃみをする。

「むう……。誰かが噂《うわさ》してるのかなぁ……」

グズグズと鼻を擦《こす》り、八雲は町中を進む。ここはオルファン龍鳳国《りゅうほうこく》。母である八重の故郷、イーシェンと対をなす国だ。

イーシェンは東の果て、オルファンは西の果てにある。イーシェンをまるごと左右対象にした地形のこの国には、八雲は今まで来たことがなかった。故に【ゲート】では行けず、ラーゼ武王国からの船に乗らねばならなかったのだ。

アイゼンガルドで手に入れた黄金の粉の手掛《てが》かりを求めて、ここまでやってくる羽目になってしまった。

聖樹の枝をすり潰《つぶ》した薬と言われるそれは、金花病に効くと言われていた。

金花病とは高熱を発し、瘦《や》せ衰《おとろ》えて苦しみながら死に至る病である。この病の恐《おそ》ろしいところは、死んだ者の頭に黄金の花が咲《さ》き、そのまま生ける屍《しかばね》になってしまうことだ。

知っている者は知っているが、あれは病などではなく、人間を変異種化してしまう邪神《じゃしん》の企《たくら》みだった。だが、一般的《いっぱんてき》には病と信じられている。

邪神が倒《たお》れた以上、もう起きることはないはずなのだが、人々の不安は拭《ぬぐ》えなかった。そこにつけ込んでの詐欺《さぎ》と思われる。

ただの詐欺なら八雲はここまではしなかった。冒険者《ぼうけんしゃ》ギルドへ報告をして、国の上層部に注意を喚起《かんき》してもらうだけにしただろう。

しかし、どうにも引っかかる。この粉には何かある。なんとも言えぬ不快な気持ちになるのだ。

八雲は手掛かりを追って、この薬を売っている者がいるという、ここオルファン龍鳳国へとやっと辿《たど》り着いた。

オルファン龍鳳国はイーシェンによく似た国である。石と鉄ではなく、木と煉瓦《れんが》でできた町並みに、着物によく似た民族衣装。それでいて魔光石《まこうせき》による街灯や、ゴレム馬車が行き交《か》う通り。

八雲の父親がイーシェンより発展しているその町並みを見たら『明治・大正時代か』と呟《つぶや》くことだろう。

町行く剣士《けんし》やゴレムまでどこか侍《さむらい》に似た風貌《ふうぼう》をしている。そう、この国には『刀』があるのだ。

そのため、普通《ふつう》なら浮いてしまうような格好の八雲でもここでは目立つことはない。オルファンの住人そのものである。

その通りを八雲は真《ま》っ直《す》ぐに進む。初めての町だが、スマホに表示されるマップには細かい通りまで映し出されていた。

目的地は町外れにある廃屋《はいおく》。そこにこの黄金薬の売人がいるという。

作戦などは特にない。正面から斬《き》り込み、身柄《みがら》を確保、それから話を聞き出す。真っ直ぐすぎるところは母親に似たのか、八雲はそういう娘だった。

町外れにある廃屋は元は何かの工場だったらしい。錆《さ》びた鉄骨が転がる敷地内《しきちない》、さらに薄暗《うすぐら》い工場の中へと入っても、なぜか人の気配を感じない。これは逃《に》げられたか？ と訝《いぶか》しんだ八雲へ向けて、二階の闇《やみ》の中から何かが放たれた。

「っ⁉」

八雲がそれを横っ飛びで躱《かわ》すと、彼女《かのじょ》がいた地面に三本のナイフが突き刺《さ》さる。腰から愛刀を抜《ぬ》きはなった八雲がナイフの飛んできた薄暗い二階の闇の中へと目を向けた。

「……何者です？ 薬が欲しくてやってきた馬鹿《ばか》じゃありませんね？ 眼が濁《にご》ってない」

闇から現れた者は奇妙《きみよう》な鉄仮面を被っていた。丸い球体の頭に、これまた丸い覗《のぞ》き窓がいくつか付いており、覗き窓には格子状《こうしじよう》の鉄棒が嵌《は》めてあった。左右の喉元《のどもと》から伸《の》びた蛇《じや》腹《ばら》のパイプは背中のタンクへと続いている。なんとも奇妙な格好であった。

ここに八雲の父親がいたなら『潜水服《せんすいふく》かよ』とつぶやいたに違《ちが》いない。

八雲は一瞬《いっしゅん》、相手がゴレムかと思ったが、両手に大きな手甲《てっこう》を嵌《は》めているものの、その他《ほか》の身体は人間のそれだった。

「黄金薬をばら撒《ま》いているのはあなたでござ……ですね？」

「いかにも。なるほど、オルファンの犬ですか。さっそく嗅《か》ぎつけられるとは……この国の者はなかなか優秀《ゆうしゅう》なようだ」

どうやら勝手な勘違《かんちが》いをしているらしいが、都合がいいので八雲はあえて訂正はしなかった。

「この薬はいったいなんですか？　詐欺を騙《かた》るためだけのただの薬じゃありませんね？」

「ほう。なかなかに鋭《するど》い。まあ、これは言うなれば『篩《ふるい》』ですよ。適性のある者とない者を選《よ》り分ける、ね」

適性？　この薬を使ってなにか素質のある者を探しているというのか？　八雲は言葉の意味を考えてみたが答えは出ない。ならば、直接聞き出すまで。

「【ゲート】」

「むっ⁉」

潜水服の男（男かどうかはわからないが）の真横へと【ゲート】を開く。一瞬にして移動した八雲の抜き打ちを、潜水服の男は腰の後ろから抜いた手斧《ておの》で受け止めた。

「「⁉」」

ギィン！　と音を鳴らして両者が飛び退《の》く。

八雲は驚《おどろ》いていた。自分の持つ愛刀は父自らが作ってくれた、晶材《しょうざい》を用いた刀である。魔力を通せばこの世に斬れぬものなしというこの刀を、相手がうけとめたことに驚いていたのである。

しかし、なぜか同じように潜水服の男も驚いているようだった。

「我《わ》が『ディープブルー』を受け止めた……？」

手にした鈍いメタリックブルーに光るハチェットを眺《なが》め、呆然《ぼうぜん》としているように見える。

その隙《すき》を見逃《みのが》す八雲ではない。瞬時《しゅんじ》に距離を詰《つ》め、刀を下から逆袈裟《ぎゃくけさ》に斬り上げる。

「むっ⁉」

刀の切っ先が潜水服男の喉元にあった蛇腹パイプをわずかに斬り裂《さ》く。

パイプから黄金の霧《きり》が漏れ、辺りに漂《ただよ》う。なぜか嫌な予感がした八雲はその場から飛び退いた。

「くっ……！　……今日のところは引かせてもらいましょう。オルファンの龍鳳帝《りゅうほうてい》に報告するといいですよ。やがて我ら『邪神の使徒』が、この世界をあるべき姿へと戻《もど》すとね」

「『邪神の使徒』……っ⁉　くっ、待つでござる！」

八雲が叫《さけ》ぶよりも先に、潜水服の男はまるで水へ潜《もぐ》るかのように地面へトプンと潜り、消え去った。

おそらくは転移魔法だ。すでに男はここにはいまい。

「邪神の使徒……。時江おばあちゃんの嫌な予感が当たったようでござるな」

小さくつぶやいた八雲は自分の気持ちを落ちつかせるように、愛刀を鞘《さや》へと静かに納めた。

◇　◇　◇

「あー……つっかれたー……」

アーシアの飛び入りという突発《とっぱつ》イベントはあったが、遊園地巡《めぐ》りは滞《とどこお》りなく終わった。

ブリュンヒルドの遊園地に使えそうなもの、使えないものいろいろわかったが、世のお父

さんにこの疲労感《ひろう》を広めていいものかどうか少々悩《なや》む。

まあ、子供たちの笑顔《えがお》が見られるのならアリなのかもしれない。

アーシアが来て、建前上の親戚《しんせき》がまた増えたわけだが、あらかじめ何人か来るとは言っておいたので、城の人たちには普通に受け入れられた。

さっそくアーシアは城の厨房《ちゅうぼう》へ向かい、料理長のクレアさんを手伝っていた。おかげで今夜は豪華《ごうか》なディナーとなったわけだが、アーシアが僕に次から次へと自分の作った料理を勧《すす》めてくるので、現在少々胃がもたれている。

アーシアを送り届けてくれたロベールには礼を述べ、一緒に食事をした後、【ゲート】でパナシェスへと送った。今回ばかりは迷惑《めいわく》かけて申し訳ない気持ちでいっぱいだ。

ともかくアーシアが来て、クーン、フレイ、エルナ、リンネと五人の子供たちが集まった。半分以上だ。

残りは八重、桜、スゥ、ユミナの子供たちだけど、八重との子供の八雲はもうこっちの時代に来ているんだよな。本当にどこほっつき歩いてるんだか……。

あとがき。

今回は子供たちがドカドカと出てきます。ここらへん、なろうで書いていたときはリアルに時間がかかっていたのですが、書籍にまとめるとあっという間でした。配分を間違えた感は否めません。新キャラが多くて申し訳ない。

今後、子供たちが活躍していきますので、なにとぞこれからもよろしくお願い致します。

それでは1Pしかないのですぐさま謝辞を！

兎塚エイジ様。今巻は五人もの子供たちをデザインしていただきありがとうございます。

小笠原智史様。緑の『王冠』のデザインをありがとうございました。女の子型ゴレムがかわいいです。

担当K様、ホビージャパン編集部の皆様、本書の出版に関わった皆様方にも謝辞を。

そしていつも『小説家になろう』と本書を読んで下さる全ての読者の方に感謝の念を。

冬原パトラ

ブリュンヒルド王国に突如現れた巨大な飛行船。
それはゴレムの技術者集団『探索技師団《シーカーズ》』だった。
フォンとともに。24
2021年6月発売予定！

目的は鉄鋼国ガンディリスに眠る『方舟《アーク》』を
目覚めさせるために王冠が必要とのこと。
あらたな冒険が今始まる――!!
異世界はスマート
冬原パトラ
illustration■兎塚エイジ

HJ NOVELS
HJN07-23

異世界はスマートフォンとともに。23

2021年2月19日　初版発行

著者――冬原パトラ

発行者―松下大介

発行所―株式会社ホビージャパン
〒151-0053
東京都渋谷区代々木2-15-8
電話　03(5304)7604（編集）
03(5304)9112（営業）

印刷所――大日本印刷株式会社

装丁――木村デザイン・ラボ／株式会社エストール

ISBN978-4-7986-2420-4　C0076

ファンレター、作品のご感想お待ちしております
〒151－0053　東京都渋谷区代々木2－15－8
(株)ホビージャパン HJノベルス編集部 気付
冬原パトラ 先生／兎塚エイジ 先生／小笠原智史 先生